U0921647

|外|国|文|学|名|家|精|选|书|系|

克雷洛夫寓言

〔俄罗斯〕伊·安·克雷洛夫 / 著
黎昕 / 译

UNITY PRESS 团结出版社

图书在版编目（CIP）数据

克雷洛夫寓言 / (俄罗斯) 伊・安・克雷洛夫著；黎昕译. -- 北京 : 团结出版社, 2016.7（2023.7重印）
ISBN 978-7-5126-4317-8

Ⅰ. ①克… Ⅱ. ①伊… ②黎… Ⅲ. ①寓言—作品集—俄罗斯—近代 Ⅳ. ①I512.74

中国版本图书馆CIP数据核字(2016)第176204号

出　版：团结出版社
（北京市东城区东皇城根南街84号　邮编：100006）
电　话：（010）65228880　65244790（出版社）
（010）65238766　85113874　65133603（发行部）
（010）65133603（邮购）
网　址：http://www.tjpress.com
E-mail：zb65244790@163.com（出版社）
fx65133603@163.com（发行部邮购）
经　销：全国新华书店
印　刷：唐山才智印刷有限公司

开　本：640毫米×920毫米　16开
印　张：10.25
字　数：150千字
版　次：2016年7月　第1版
印　次：2023年7月　第3次印刷

书　号：978-7-5126-4317-8
定　价：29.80元

目　录

乌鸦与狐狸

有多少人受到过同样的忠告，阿谀奉承是多么卑鄙、有害；但似乎忠告都是徒劳的，每个人身边都有阿谀者存在。

乌鸦偶然得到了一块奶酪，它扑腾着飞到了一棵枞树上，准备好好享受美味早餐。奶酪还在乌鸦嘴里含着，却有一只狐狸经过。香味四溢的奶酪勾住了狐狸的魂魄。

狡猾的狐狸来到树下，它亲密友爱地对乌鸦说："亲爱的，你真漂亮！美丽的脖颈，灵动的眼睛，简直和天仙一样！鲜艳的羽毛，再加上玲珑小嘴，歌喉也一定像天使一样动听！高歌一曲吧，亲爱的妹妹，不用羞涩！你这样出色，一定是鸟中皇后！"

乌鸦听到赞美，沾沾自喜起来，为了报答狐狸的阿谀奉承，真的就张嘴大叫了一声。而狐狸呢，也正好将奶酪骗到了手。

橡树和芦苇

橡树和芦苇交谈着。

橡树说："你拥有抱怨造物主的权利，就算只是一只麻雀，对你来说也可能是沉重无比的负担。水面波光粼粼，涟漪不断，你也会跟着一起颤抖，柔弱不堪。看你弯着腰，真是可怜。但是我不同，傲然挺立着，像大山一样威严，没有什么是能够摧毁我的。我遮挡光线，嘲讽暴风雷电，对你来说的暴风对我不过是清风拂面而已。如果你有幸能够生长在我的周围，我就可以为你遮风挡雨。但不幸的是，造物主将你安排在风神居住的河岸，那里并没有什么可以保护你。”

芦苇回答说：“你真是悲天悯人，我并不需要你的担心，风暴雷电对我来说并不是那么可怕。我虽然弯着腰，但并不会折断。和我相比，风暴对你的危害可能才更大！是的，也许到现在为止，风暴都没有摧毁你强健的身躯，你也并未在它们的魔爪之下屈服过，但是——最可怕的还没有到来。”

芦苇话音刚落，风神就从北方咆哮而来，还带着雨雪冰雹。橡树挺立着——而芦苇却就势弯倒。风越来越大，那个自豪的橡树终于被连根拔起。

几位音乐家

一家主人热情地款待邻居，但是用意确是其他。主人无比热爱音乐，他希望请来邻居共同欣赏。几个人欢快地唱起来，各有各的调。他们拼了命喊叫，吵得客人心头发慌，两耳嗡嗡。

客人惊讶地说：“你们这算什么欣赏呢？不过就是瞎嚷嚷！”

主人却回答说：“是的，他们唱得是不算好，但重要的是他们举止端庄，而且从不喝酒。”

但在我看来：酒还是可以喝一点的，但最重要的是懂行。

能够预卜未来的神

一尊木雕的神正端坐在庙中，他可以回答人们关于未来的一切问题，并借助神明为人们指明方向。因为他的灵验，人们用各种华贵的饰品来报答。

桌案上摆满了供品，寺庙香客如流，香烟缭绕。大家对神盲目地相信着。

可是奇怪的是，神怎么好像失灵了？颠三倒四，胡说八道。预测能力消失了吗？其实，这众人捧着的神是个空肚子，里面坐着个欺骗众生的祭司。所以，聪明的祭司，预测就灵验，要是个笨蛋，那不就成了草包蠢货？

我听说过不知是真是假的一件事，很早以前就有这样的法官，只有秘书聪明，他们才显得智慧能干。

小树林和火焰

朋友的选择是需要深思熟虑的。自私自利的陷阱，在友情中并不少见。我会借助一个寓言，来帮你解释这个道理。

寒冷的冬天，小树林旁边还有一小堆被旅人遗忘的火苗。随着时间的流逝，火势越来越小。没有新的柴火，眼看着就要熄灭了。火害怕自己的生命会走向尽头，于是向树林哭诉道：“亲爱的，请你告诉我，为什么我的命运这样悲惨？你身上光秃秃的什么都没有，该怎么撑过这个冬天呢？”

“我本来就是在雪地里生长的，不开花不长叶是很正常的。”

火又继续说：“这是小事一桩！只要你和我做朋友，我就可以帮你解决这个问题。我和太阳是兄弟，寒冷的冬季我和太阳一样，可以为你创造光和热。如果不相信，你可以去温室里询问：冬天，天寒地冻，狂风怒吼，但是温室里却鲜花开放，果实累累，这可都是我的功劳！我是不会夸大其词的，我从来都不比太阳的能力小，不管它现在多么高傲，营地里的雪它可是一点办法都没有！可你看看我周围，还有什么冰雪吗？如果你也想像在春天一样枝繁叶茂，那就借给我你的一点枝干吧！”

事情就这么说好了：这堆小火逐渐变大，熊熊燃烧，直到树枝全被燃烧，滚滚的浓烟笼罩在树林上方！

结局可想而知，原来供人乘凉的大树就这样变成了树桩！但是这好像并不奇怪，谁让树竟然愿意和火做朋友呢？

狼与小羊

弱者在强者面前似乎总是道理不足的，在历史上这样的例子并不少见。但是现在我们先不谈历史，我可以借助寓言先来讲讲这个道理。

小羊在炎热的夏天来到河边喝水。但是不幸降临了，一只饿狼竟然在它的附近觅食。看见小羊的饿狼迅速扑来，但它好像也不能这么无赖，吃掉小羊也还是需要理由的。

狼大声喝道：“你这无赖，竟然敢用肮脏的嘴脸污染我的水，你知道这得留下多少泥沙吗？作为惩罚，我要把你吃掉！”

“希望狼大王先听我解释，我在大王一百多步远的下游，绝对不会污染您的水的。还请您不要生气了！”

“你竟然敢反驳我！好像我在说谎一样，我还从没见过像你这么大胆的混蛋！你这么一来，我又想起了前年夏天你对我的粗暴无礼，你不要以为就可以这么算了！”

“这怎么会呢？我才生下不到一年而已！”小羊惊恐地回答。

“那一定是你的兄弟！”

“家里只有我一个啊！”

“那就一定是你的什么亲戚！反正都是你们一家。你们这些羊，你们的猎犬和主人，都恨不得置我于死地！这些账，就一起算到你头上了！”

“可是这并不关我的事啊！”

“你还是闭嘴吧，我不想听你废话也不想和你解释，还是赶紧让我享受你美味的肉吧！”说完，狼就拖着小羊走进了阴暗的森林。

看似聪明的猴子

聪明的模仿可以助自己一臂之力，这是毫无疑问的！但是一定要小心，愚蠢的模仿则会带来灾祸！现在我用一个猴子的例子来说明这个道理。

想必大家都知道，猴子是最善于模仿的了。在盛产猴子的非洲，一棵枝繁叶茂的树上坐着一群猴子，它们偷偷地望着一位猎人。它们看见猎人在一张网里来回翻滚，就互相交头接耳地议论起来：“你们快看这个人，他的把戏耍得多好，一会缩成团，一会伸展，一会藏起手脚，一会跟头乱翻。看来我们还是不行啊，这样的花样我们都没见过！朋友们，等他走了我们也去练习一下，学到这个本事！”

猎人走了，留下了网。

“怎么样?”猴子们又讨论说，“我们抓紧机会也去练习一下吧!”可爱的猴子们溜了过去，但是没想到的是，这是猎人布下的天罗地网!

猴子们在网上玩得好不快乐，把网铺满了全身。但是当它们想要离开时，才发现大祸临头！猎人就悄悄地守在一边，等到时机成熟，就将网一收。它们想要逃走，却也只能乖乖投降。

一只说大话的山雀

一只山雀来到海面之上，夸下海口说要烧枯海洋。它的大话很快就传开了，给海神国都的居民带来了惊慌。鸟儿野兽都从各处赶来，想要亲眼目睹这个过程。就连那些热衷于享受美食的人，都带着羹匙迅速赶来，想要享受一顿不一样的鱼汤。如此鲜美的鱼汤，大方的包税人都吝啬于跟他人分享。

大家都争着站到最前面，期待自己最先看到奇迹发生。但可惜的是，海水并没有像大家期待的那样，沸腾起来。这么难堪的结果，狂傲的山雀要怎么收场呢？它带着羞愧离开了这里。

牛皮是不能随便吹的，大海并不会燃烧。最重要的是，事情还没有成功，切忌夸下海口。

小盒子

我们总会在生活中发现，有些事情只是看起来难办，可是只要肯动脑筋，也并不是解决不了。

有个人从工匠那里得到一个小匣子，小巧玲珑甚是可爱，大家都赞赏不已。一个懂机械的专家看到后说：“你看它没锁，一定有机关的。就把它交给我吧，一定打得开的。对于机械我还是有些研究的。”

他动手转动着匣子，换着方向不断查看，钉子把手都被他查了个遍，绞尽脑汁但就是打不开。围观的人看着他越来越着急，但却只能听见不断的抱怨声：“不是这儿，这儿不对!”机械师满头大汗但还是不得不放弃。究竟要怎样才能打开呢？他也猜不出来。

其实，这个匣子并没有什么机关，一打就开。

长尾猴和眼镜

年老的长尾猴视力减弱了，它听人类说，一副眼镜就可以解决这个问题。它夸张地弄来半打眼镜，拿在手上不停地摆弄。闻闻舔舔，一会儿又套在头顶、尾巴上，一刻都不闲着，但似乎对自己的视力并没有什么帮助。于是它抱怨道：“我真是个傻瓜，竟然会相信人类的话，这个东西根本就不管用!”难过的长尾猴将眼镜狠狠地摔了出去，一地的玻璃片闪着亮光。

在人类世界中，这样不幸的事情还有很多，人类不知道自己的无知，总对充满价值的物品不停挑剔；如果这个人还拥有权势，恐怕还会使它受到歧视。

鹰和鸡

一只雄鹰在天空自由地翱翔，时不时地还冲入云层，尽情地享受着美好的风光景色！鸟王从云端下落，在一座谷棚顶上休息着。虽然这个地方并不怎么样，但鸟王似乎还是挺惬意的，兴许是为了给谷棚增光，又或许是附近实在没有像样一点儿的地方，稍作休息之后，它又转移到了另一座谷棚顶上，谁也不知道它究竟在想些什么。

一只坐窝母鸡看到了这个情景，和旁边的朋友们议论起来：“亲爱的，你说它凭什么那么受人尊敬？就只是因为飞得高吗？真是的，要是我想飞，还不是也可以在谷棚上来回飞跃？它也不见得有多厉害嘛，长得也没什么特别的！我们还是不要再傻了！”鹰在上面听得不耐烦了，忍不住回答说：“你说得也不全对，我是可以比你飞得低，可是你却永远都不能飞上天！”

在我们不停地对别人发表意见时，不要总是鸡蛋里挑骨头！要学会发现优点长处，善于取长补短。

青蛙希望的国王

青蛙对民主管理有很大意见。没有君主，没有拘束的生活，一点儿都不高尚。所以青蛙决定，请求上天派一个国王给他们。

本来天神对一切胡言乱语都没什么兴趣，但是这次竟然破天荒地答应了！一个国王从天而降，猛烈地来到了这片国土之上。泥浆都被溅得飞起。青蛙们吓得不轻，惊恐地逃窜着。它们躲在一边议论纷纷。

这个国王沉默寡言，高大粗壮，端庄稳重。但美中不足的是：它其实就是个杨木树桩。最初，臣子们心怀敬畏没有人胆敢靠近国王。只是躲在远处，偷偷地望上几眼。可是慢慢地也就不再新鲜和恐慌了，开始有青蛙前去拜见。而拜见也由匍匐脚前变成了并排就坐，甚至有更大胆的还用屁股对着国王。国王倒是也宽宏大量，从不计较。

没出三天，青蛙们就厌烦了，希望天神能再派一位有威望的国王。这一次，来的是一只仙鹤。它可不是一块木头，性格严厉，从不放纵子民。有了罪的，就直接吃掉。而为了它的一日三餐，没有一个判决是无罪的。这里的子民们过着苦不堪言的日子，每天都有大量的青蛙消失不见。新国王还总是喜欢巡视，被它碰到的，都一律被吃掉了。青蛙们更加悲伤地叫喊，希望天神能把这位凶残的国王换走。它视青蛙们为苍蝇一样随意。可怜的青蛙甚至不敢伸出鼻子大声喊叫。换到最后，还更加不如前一位国王。

这时天上有个威严的声音警告说：“你们这些蠢材，过去怎么不知道好好珍惜？一定要天天叫个不停扰乱我的清净！派一个国王来说太温和，又派来一个说太残暴，天天地叫个没完，就还是老实和它一起生活吧，免得再遇到一个更糟糕的！”

瘟疫

上天最严厉的惩罚，莫过于瘟疫，它是自然界最可怕的疾病，而现在，却正流行于森林中。野兽们都被瘟疫折磨的蔫头耷脑，地狱、死神都在前方等着它们，像割草一样无情地带走无数生命。而恐惧也把那些活着的变得半死不活。

野兽在这场灾难中变得不再一样，狼温顺得不再欺负羊，狐狸也在洞穴里潜心修行，不再伤害鸡。爱情也已经远离了雌鸽和雄鸽，没有爱情还有什么快乐可言呢？就在这紧要关头，狮子大王召开了一次全体大会，野兽们呆滞、惊恐地来参加会议，都安静地听着狮子讲话。

“朋友们啊，这一定是因为我们罪孽深重，天神在惩罚我们！而我们当中谁的罪孽最大，就应该主动献身，作为祭品供奉天神！或许这样，天神的怒气就被我们的虔诚平息了。朋友们啊，你们是清楚的，这种牺牲一人造福大家的先例并不少见，所以你们一定要心平气和地接受，并大声坦白自己到底有哪些罪孽，是有意还是无意呢。朋友们啊，我们一起忏悔吧！

“首先，我先认罪。那些可怜的小羊羔啊，它们有什么罪过呢？我竟然活活把它们吃掉了。哦，还有那些无辜的牧羊人。所以，我心甘情愿地作为祭品献身！不过你们大家呢，也还是需要坦白一下的，只有挑选出真正罪孽深重的，才能平息天神的怒火！”

“啊，我们善良的大王啊！”狐狸说道，“你也太过善良了，这怎么能算作罪恶呢！如果我们一切都听从自己的良心，那还不得都统统饿死。而且大王你要相信，你肯赏脸吃它们，那可是莫大的荣耀啊！至于这牧羊人，我一定要向你请求，他们那些狂妄的人类，简直就是自作自受！还恬不知耻地到处说自己是国王。”

狐狸的话音刚刚落下，那些阿谀奉承的家伙们，就争先恐后地表明狮子是无罪的，并一笔带过自己的小小错误，完全不会提那些为非作歹的过去。残暴的猛兽们竟然都通过了审判。没有罪就不说了，还快要把自己给夸成圣贤了！

这时轮到了老实憨厚的犍牛，它哞哞地讲道：“我也是罪人！五年前一个缺少草料的冬天，迫于生计，我就从牧师的草垛上扯了一束干草。”听到这个，野兽们都待不住了，争先恐后地嚷嚷着：“快看啊，这才是真正的罪犯呢！竟然会去偷吃别人的草，都是你惹得天神发怒。原来你才是罪魁祸首！你这个家伙还真是不安分，就应该把你作为祭品献给天神！这样既赎了你的罪，又能拯救我们大家，还能整治我们的风气！这可怕的瘟疫，都是因为你！”

最终狮子王做出了判决：将犍牛推进火堆烧死！

人们经常说这样一句话：最老实的人，就一定有罪过！

狗的友谊

巴尔博斯和波尔康是两只看家狗，它们在窗下晒着太阳。既然要看家，就该守在大门旁。可是它们吃得饱，有礼貌，没事就一起闲聊。它们聊职责，聊善恶，天马行空，最后还谈起了友谊。

波尔康说：“贴心的朋友是生活的必需，一起吃喝，互相帮助、保护，相互关心体贴，为朋友带来幸福和快乐就像我们啊，我们如果拥有这样的友情，就一定不会感觉到时光的飞逝！”

巴尔博斯回答说：“这还用你说吗？这一定是再好不过了！唉！其实我也早就想到了这个问题，我们是居住在一起的，可竟然没有一天是不打架的！这到底是为什么呢？我们都对不起主人为我们费的心！还真是惭愧。狗的友谊自古就有，可现在却还连人的友谊都不如！”

“那就让我们来做个表率吧！”波尔康叫嚷起来，“让我们握手言和吧！”

重归于好的朋友都激动不已，高兴得都不知道该怎么办了！嘴里不停地喊着对方的名字，将吵架、嫉妒和仇恨抛在脑后。可不幸的是，就在一根骨头从厨房飞出来的时候，它们之间的友谊又消失不见了！它们相互撕咬，空中还飞着狗毛，主人的一盆冷水才终止了这场争斗。世上并不缺少类似的友谊。

我想说的是，友谊在它们眼里，其实是一样的，看着表面，似乎亲密无间。但是只需要一根普通的骨头，就可以让它们的友情分崩离析。

一个木桶

有个人向朋友借了一只木桶使用三天，当然朋友之间这也无可厚非，但是如果与金钱有关，那就要另当别论了！那时的友情可能就比不上金钱了。

其实借个桶并没有什么，拿回来了，继续装水。但糟糕的是，桶被借去装酒。两天后拿回来，味道开始四处蔓延。冷饮和啤酒在桶里会变味，食物会变酸。为了它，主人忙了一年。又晒又晾的，但是似乎并没有起什么作用。最终这个桶只能被闲置一边。

希望父亲们一定不要忘了这则简单的故事。只有一次的少年时代，沾染了任何不良习惯，不管之后怎么纠正，它还是会如影随形地跟着你！

狼落狗窝

漆黑的夜晚，狼想要钻进羊圈，没想到竟然进了狗圈。猎狗受到惊吓，全体出动。他们发觉凶恶的狼就潜伏在附近，狂吠着向前冲去。主人喊道："伙计们！有贼。"然后立刻关了门上了闩，此时的狗圈对狼来说就像地狱。人们带着棍棒猎枪纷纷赶来。"拿火把来！"有人嚷道。

在火光的照耀下，两只横眉竖眼龇着牙的狼正在狗圈里，似乎要把人们都吃掉一般。狼也终于发现，自己眼前的并不是羊，自己恐怕会有性命之忧。于是狡猾的它想要谈判。

"老朋友们啊，为什么要这么争斗呢？我们两家是世交，不如忘掉不快，握手言和，和睦相处吧！我也答应不再伤害这些羊群，并和你们一起保护它们，我，我……"

"邻居啊，你听好了，"猎犬的主人插话了，"我活了这么大年纪，早就识破了你们的本性，是绝对不会上当的！按照我的做法，只有剥了狼的皮，我们才有可能成为朋友。"说着放出的猎犬，瞬间就扑倒了狼。

狐狸和土拨鼠

狐狸问土拨鼠："嫂子啊，你这是要赶着去哪儿呢？"

"小兄弟哟，我这是蒙受冤屈，你知道的，我原来在鸡舍当法官，现在被人家说是贪污受贿，要驱赶我啊！我为了工作连健康和休息都顾不上，觉也睡不踏实，现在竟然遭受这些诬赖，关键是这些都是谣言！你想啊，要是大家都听信谣言，那还有谁廉洁呢？我头脑正常，怎么会贪污受贿？你也没有见过吧！我现在，需要你帮忙作证，我到底有没有做过这些见不得人的事？你可一定要好好回想一下啊！”

“这是没有的事！不过啊，我倒是总见着你的嘴巴黏着鸡毛！”

总是有人不断地唉声叹气，就好像已经花光了最后的金币。其实全城的人都知道，包括他自己和老婆，他就是个穷光蛋！可是奇怪的是，他还总是买地盖房。就算告到法院说他的收入开销对不上号，也好像没什么证据。但不想良心过不去，就只好说——他的嘴巴上黏着鸡毛。

路人和狗

天色已经晚了，两个路人一边走，一边谈着事情。这时，突然有一只狗冲到路上，对着他们不停地叫着。紧接着接二连三地又跑出来几只，很快就有了四五十只。

路人中的一个，捡起一块石头。另一个劝说道：“还是算了吧，我了解它们的本性，你这么做，只会让它们叫得更凶！我们还是快走吧。”果然，他们只走出了几十步，后面就渐渐没了声音。

爱嫉妒的人啊，不管看见什么，他们都是要叫的。所以你只管走自己的路就好，他们叫够了，自然会停住。

蜻蜓与蚂蚁

蜻蜓姑娘整个夏天都在不停地唱歌跳舞。还没来得及准备什么，冬天就已经来临了。

田野上光秃秃一片，昔日生命旺盛的景象早已不复存在。那个时候，只要有叶片的遮挡，就不需要担心安身立命的问题。现在，随着时间的流逝，饥饿和温饱成了最大的问题。蜻蜓不再唱歌跳舞，它饿着肚子，愁容满面地来找蚂蚁帮忙。

“亲爱的蚂蚁弟弟，你一定要帮助我啊，把你的粮食和温暖借给我点儿，让我能撑到春天到来!”

蚂蚁回答说：“亲爱的姐姐啊，真是奇怪，你能告诉我，夏天的时候你在做什么吗?”

“唉！那时候的气候多舒适啊！我们享受生活，唱歌跳舞，哪里顾得上工作呢?”

“啊，原来你……”

“当时我最大的乐趣就是唱歌跳舞了!”

“这样的生活还真是惬意，那就请你继续去唱歌跳舞吧!”

撒谎的人

有一个贵族（还有可能是公爵）远游归来，在田间和朋友边散步边聊天，不断吹嘘着自己远游的经历，还编造了数不清的谎言。

他说："我见过的宝贝，以后都不可能再出现，你们这里算什么呢？忽冷忽热，连太阳都阴晴不定的，在那里啊，简直就是天壤之别！就连想想，都心情舒畅！皮袄蜡烛这些过冬品根本就不需要，甚至从来都没见过夜晚，一年到头都是晴空万里，那里的人也不需要种田耕地，你是没有见过，那庄稼长得多么特别！就像我在罗马见到的黄瓜，哎呀天啊，它简直就像一座山一样大！"

朋友回答说："这还真是稀罕啊！其实奇迹遍布各地，只是看你能不能发现而已。就像现在，我们就正走向一个奇迹，一个连你都没有见过的奇迹！看见了吗？在我们必经之地上的那座桥，看着极其普通，但实际却大有奥妙。撒谎的人是不敢经过的，走不到一半他就会掉到水里去！但是诚实的人，就算是马车经过都不用怕的！"

"那这河水，有多深呢？"

"那可是不浅呢，你说这是不是也奇怪得很呢？就像你说的大山一样的黄瓜！"

"不像不像，一点都不像山，最多啊，像个房子。"

"真是奇怪！不过啊，那座桥可也一点都不简单，它就是不愿意让撒谎的人通过！春天时那两个记者和裁缝，就在这里被淹死了！啊，你说的那个黄瓜，真是个奇闻啊！"

"哎，其实也算不上是奇闻，你是不了解，那的房子啊，和我们的可一点儿都不一样！一座房子也就能进去两个人，还不能站不能坐的！"

“就算像你说的这样，一个黄瓜有两个人大也够稀奇了！不过说奇闻啊，还得是我们这座桥，撒谎的人连五步都走不了就一定掉下去了！你那罗马黄瓜虽然也奇怪吧……”

这时撒谎的人岔开话题：“听我说，这么深的水，我们为了安全着想，还是找个水浅的地方涉水经过吧！”

鹰，蜜蜂

有幸成为名人的人，算是交了好运，只是这一点儿就给他带来了威力，可以向所有人展示自己的成绩。但是更加值得人尊敬的，则是那些默默无闻，不追名逐利，只会不停地辛勤劳动的人。他们有着坚定的信念，无私地为公共事业贡献着自己的力量。

这一天，鹰用鄙夷的口吻对辛勤劳动的蜜蜂说道：“你啊，还真是可怜！日复一日地筑着蜂房，可是有谁夸赞奖赏过你们呢？我就真的不能理解，你们这样平凡地过了一辈子，到底是为了什么呢？”

“到最后，还不是悄无声息地死去。我和你们可就不同了，我有着无人能比的翅膀，在天地间尽情地翱翔，还能带来许多的恐惧惊慌，飞禽不敢靠近我。牧羊人担惊受怕地守着羊群，就连扁角鹿都不敢在我的眼皮底下到处乱跑！”

蜜蜂回答说：“真希望你能永远享受这一切，让老天爷无限地赐予你力量！但是我知道，我生来的使命就是好好服务大众，蜂房中的蜜汁就是对我最大的奖赏！”

野兔打猎

一群野兽相约打猎，一只可怜的熊落入了它们手中。它们将它咬死，然后大家平均分配。

有只野兔带走了熊的一只耳朵。野兽们看见就不乐意了："你这斜眼的东西，是从哪儿跑出来的？这和你有什么关系？"

野兔回答说："是这样的啊，你们以为熊那么傻会自己跑出来吗？这可是我的功劳，是我把它吓出来的！所以你们才有平分它的机会。"这虽然明显地不可信，但是大家觉得有趣，还是没有揭穿它。

大家虽然会嘲笑爱吹牛的人，但是分享时还是不会忘了他们。

梭鱼和猫

让不懂行的人去做这件事情，结果一定是荒唐可笑的。就像让鞋匠去做馅饼，馅饼师傅去做鞋，一定是不可取的。这些人，宁可把整件事情都毁掉，也不愿意听从别人的劝告。

一天，一只牙齿锋利的梭鱼突发奇想，不知为了什么想要去学猫，它一定是鱼吃腻了。它对猫提议说，希望能带着自己一起去粮库。

猫对梭鱼说："亲爱的，还是算了吧！你根本就不懂我这门手艺，还是别出去丢人了！俗话说得好：事情就怕内行里手。"

"不要再吹了，老鼠算什么啊，连鲈鱼都是我的手下败将！"

“那好吧，就一起走，希望你能如愿!”

它们一起来到粮库，各自找了个地方躲着。等到猫吃够玩够了，才去看望自己的朋友。可怜的梭鱼已经没了大半条命，尾巴被老鼠咬了去，猫赶紧将它拖回了池塘。

一定要谨记啊！切不可像梭鱼一样，要学聪明，鱼抓老鼠的事情就不要再去做了！

狼与杜鹃

狼对杜鹃道别：“再见了，亲爱的邻居！我本想在这里安定生活的，但这似乎永远都不能。这里的人和狗都如此凶狠，它们都是我的敌人。你无法不与他们厮斗，即使你善良得好像天使!”

“那亲爱的邻居你要去哪儿呢？哪里才会有这样慈善的邻居，和你好好相处呢?”

“啊，我要找到一处世外桃源，人们没有战争，个个都温顺和睦，就连河里，也全都是牛奶！那里正是黄金时期，人们都如同兄弟一般，狗不会叫，更不会进攻和撕咬。亲爱的，你告诉我，这样的地方如果只出现在你的梦里，是不是也足够享受了呢？再见了朋友！希望你能够一心向善，我要去过我和平安定的生活了！我也终于能够睡一个安稳的觉了!”

杜鹃说：“祝你平安，亲爱的朋友！但是你的习性利爪呢？还要带走吗?”

“怎么可能会留下，离开这些，我还怎么活呢?”

“那亲爱的，你一定要听我的几句忠告，无论你走到哪里，都不会有人温柔待你的。”

性情越糟糕，就越喜欢叫喊抱怨，总是眼中带刺，和他人第一个吵翻！

公鸡和珍珠

一只公鸡在粪堆里找食物，无意中翻到了一颗珍珠。

公鸡不解地说："这到底有什么用呢？人们为什么要愚蠢地将它视作珍宝？我看啊，它还不如一颗大麦，大麦至少可以填饱肚子！"

无知的人也和公鸡一样，不了解珍珠的价值，就断定它为废物。

富农和雇农

灾难到来，及时来救助的人是多么值得感激。但是灾难过去，反而开始对恩人百般挑剔、责难，要是找不出任何不足，那才真是奇怪呢！

在黄昏收工回村时，年纪稍大的富农和他的雇农斯捷潘路过一片树林。突然，出现了一只熊，富农还没来得及躲避，就被扑倒了。熊不停地将他翻来覆去，打量着从哪里下嘴比较合适。

眼看就有性命之忧了，富农大声求救道："亲爱的斯捷潘，你快来救我啊！"雇农还真是一个海格立斯，他使出浑身力气，一斧子就解决了狗熊的半个脑袋，接着一铁叉，又刺破了熊的肚皮。熊惨叫着倒地了！没过一会儿就一命呜呼了。

自己得救了，富农却对着雇农大发脾气。斯捷潘傻了，救了他的命，怎么反倒惹他不高兴了？

“天哪！你可真是个笨蛋！你乱劈乱砍一通，好好的一张皮就这么被你毁了！”

货车队的小马驹

一个车队满载而归，途中要经过一个陡坡。车主小心地赶着第一辆先走，其余的先在山上等着。为了稳住车子，乖驯的老马几乎用骶骨拖住了整个车子，山上一匹小马不断地嫌弃着这匹老马：“真是奇怪，这么笨重的马竟然还会被夸奖？看他那个样子，简直就是个大虾！哎呦，被绊住了，歪了！斜了！胆子大一点嘛，快看，又晃了一下！再往左就好了啊，还真是个笨蛋！这也不是上坡、夜路，大白天的，这么笨重！真是没有自知之明，拉不好车就该去驮水啊，现在就让你好好看看我是怎么飞驰的，一定不会像你这样浪费时间，顺着山坡往下滑不就好了吗！”

于是，小马驹弓背挺胸的，带着车上了斜坡。没承想，刚开始就控制不住了！车子越来越快，甚至撞到了马驹，小马驹开始晃动起来，最后索性撒蹄奔跑，不管什么地势，都一味地向前冲，向左，向右，轰的一声，马和车都翻在了沟里！主人车上的瓦盆瓦罐也一个不剩地全摔了个粉碎！

其实，有很多人和这匹小马驹一样。在他们眼里，别人根本不值一提，自己真正动手的时候，却洋相百出！

小乌鸦

一只老鹰俯冲着扑向羊群，抓走了一只小羊。一只乌鸦看到后，羡慕不已，也想像老鹰那样！但是它却更贪心："要抓，那就一定要抓个大的！省得浪费力气！难道只有羊羔吗？老鹰也不怎么厉害嘛，看我抓一只肥羊回来！"

只见这个小乌鸦飞到天上，也像老鹰一样，贪婪地盯着每一只羊，打量了半天，终于选定了一只公羊。天哪！还是只又肥又大的羊，恐怕来一只狼才能搞定吧！乌鸦学着老鹰的动作，使出浑身的力气，紧紧抓住了羊。但令乌鸦没想到的是，自己偷鸡不成，反蚀把米。抓不动这只羊不说，自己的爪子还被浓密的羊毛缠住了！牧羊人趁机抓住了这个俘虏，剪掉它的翅膀，乌鸦再也飞不了了。最后这只可怜的乌鸦，被当成礼物送给了儿童！

像乌鸦一样的人类也不少，小偷模仿大盗，最后的结果一定是，大盗逍遥法外，小偷却要受到惩罚。

大象当政

有权有势的人要是昏庸无道，内心再善良，也一定会受到谴责。

森林里是一头大象掌握大权。这个种族本来是异常聪明的，可总会有一些不争气的子孙！我们的这位当政者，有着和其他大象一样的外表，但是头脑却不怎么灵光。它心地善良，甚至不忍心伤害一只苍蝇。

这一天，大象收到了来自羊的诉状，上面写着：“狼要剥光我们的皮！”

大象冲着狼群怒声吼道：“你这骗子，你知道这是什么罪吗？你们这样做，是得到了谁的允许？”

狼回答说：“还请您原谅，是我们的父亲！不是您答应我们，可以向羊们收些税，做一件过冬的皮袄！可是它们却小气得连一张皮都舍不得！”

大象回答：“是这样啊！不过你们还是要小心，有谁做事不公，我一定会严惩的！如果只是收取一张皮，那就算了，除此以外，不准再伤害它们一丝一毫！”

商人与老鼠

如果自己丢失了什么，在没有证据之前，切忌对身边的人妄加猜测！那样做，既不能阻止偷窃，也不能找到真正的元凶，还会让自己陷入不义之地，小灾祸变成大灾难！

一个商人在自己的仓库中，堆满了食物，还专门成立了一个抓老鼠的猫警局，它们日夜巡逻，让商人省了不少心。本来一切都很完美的，但是巡逻队中竟然潜伏着盗贼！

猫也是和人类一样的，监守自盗并不少见。但是最重要的是对窃贼进行处罚，保护那些无辜的。可是商人却下令惩罚所有的猫。猫们一起反抗这个不公平的决定，全部逃跑了。这样正是中了老鼠的心意！猫儿刚刚离开，它们就进入了仓库。不到三个星期，就解决了所有的食物！

狡猾的哈巴狗

有一头被牵着到处走的大象，可怜地供众人观赏。大家都知道，大象是很稀罕的物种，所以一直都有一大群跟着看热闹的人。

突然，不知道从哪里跑出来了一只哈巴狗，对着大象又喊又叫。它对着大象就直直地冲了过去，似乎是想和大象较量一番。

一只小狗劝说道："亲爱的邻居啊，我看你还是不要去丢人了，你怎么比得过它呢？你看你现在已经声嘶力竭了，可它还是那么惬意地走着，根本就不看你一眼！"

哈巴狗笑道："哈哈！那这不是正好嘛，我都用不着费力气搏斗，就已经成为最厉害的了。大伙儿都会佩服地称赞我说：'看，是那只哈巴狗啊，它都敢向大象挑衅，本领一定不小！'"

老狼和小狼

小狼开始跟着老狼学本领了，子承父业，准备自谋生计。老狼打发小狼去树林边玩耍，嘱咐它要好好观察周围形势，没准运气好，还能弄到点早餐或者午饭。

我们的小狼很快就回来了，"爸爸，你快跟我走啊，去吃我准备的午饭！在那边的山脚下，有一群肥大的绵羊，我们随便拖一只回来，就可以大吃一顿了！是真的啊，羊啊真是多得数不胜数！"

老狼不紧不慢地回答说：“先等一下，你先回答我，放牧人长什么样子呢?”

“那位牧人还不错啊，细心聪明。不过，我已经观察好了羊圈和猎狗，它们看着也没什么了不起嘛，温驯瘦小的。”

老狼回答说：“你要是这么说，我就没什么兴趣了。聪明的牧人，是不会养一群不机灵的猎狗的。我们要是真的去了，一定会遇到不测！这样，我带你去一个羊圈，尽管猎狗很多，但是牧人却笨得很，一定安全！而他的狗，也一定是无能的！”

猴子干活

如果你的劳动并不能换来欢乐或者效益，那么不管你怎么努力，都不可能获得感谢和荣誉。

天快要亮的时候，农民推着木犁在努力地耕种着。他卖力地干着活，脸上的汗珠不停地往下滴。这样看来，他真是位出色的庄稼人。而且，不管是谁从他身边经过，都会讲一句：“干得不错，多谢了啊!”

一只长尾猴看见这个情境，嫉妒得不行，它也想获得感谢！所以，长尾猴也有模有样地跑去耕地。它找来一根木棍，一会儿举起，一会儿抱住，东拖西滚，忙得不可开交。可怜的长尾猴浑身汗水，累得气喘吁吁，却没有听见一句夸奖的话。

亲爱的，这并不稀奇，你活是干得不少，但是却没有任何效益!

一只袋子

在客厅角落的地板上，摆着一只空袋子。佣人经过的时候，总习惯用它来擦鞋。可是突然有一天，这只袋子受到了重视——里面装满了金币，被小心地放入保险箱之中。主人异常地爱护它，藏得严严实实，连只苍蝇都不能在上面落脚。

这样一来，全城的百姓都知道了这个袋子。任何一位客人来了，都要吹捧它一番。如果打开了呢，谁都会惊奇地盯着看。有幸能坐在旁边，还能摸摸、弹弹。袋子看着自己地位上升，渐渐开始骄傲自大起来，整天神气十足。而且开始对身边的事物品头论足，不管是什么都要挑些毛病出来。其实大家都知道它是胡言乱语，可还是耐着性子都听下去。

这些听众，都有着一样的毛病，不管钱袋说些什么，他们都要不停地赞同奉承。可重要的是，这个袋子会永远都这样出名、受宠吗？总有一天，金币会被花光，袋子也会被丢弃！

这篇寓言并没有针对哪位的意思，但是像袋子一样的富商赌徒，还不知道有多少呢！他们有可能是酒馆里曾经的酒保，是连一个金币都没见过的人，靠着不正当的手段发家致富后，和那些上流社会的人做了朋友，在曾经坐都不敢坐的府邸，和达官显贵们打起了牌！

金钱还真是万能的！但是朋友，你要知道的是，一旦破产，就什么都不是了，会像那个破袋子一样被人抛弃！

愤怒的厨师和猫

这天，一位知书达理的厨师，为了悼念自己的亲戚，离开厨房去一个酒馆。他害怕老鼠会偷吃，就将一只名叫瓦西卡的猫留在了厨房。可是等他回到家呢？却发现吃剩的馅饼散落在地上，而猫正躲在墙角，紧紧贴着醋坛子，舒适地啃着一只童子鸡。

“你这个大坏猫！怎么这么馋嘴！”愤怒地厨师开口大骂，“在人前不知羞耻，对着镜子还这么不害臊？向来你都是一只忠实的猫，还总被人家当作是典范，现在是怎么了？哎呀！你可真是的。以后邻居会怎么看你呢？你就是个贼，是个馋嘴的骗子！再也不能让你去厨房了，更加不能进自己的院子。你就像是贪婪的狼一样，是个祸害羊圈的瘟疫！”

瓦西卡并不为所动，仍旧安稳地边听边吃。

可怜的主人说了一大堆，结果话还没讲完，猫嘴里的那只小烧鸡已经吃得差不多了！

我想告诉厨师的是，在可以使用权利的时候，切忌夸夸其谈！

狮子与蚊子

不要蔑视弱小！不能侮辱弱小！在有些时候，弱小也是会爆发无限的能量，对凶狠者实施报复的。

从前有只狮子，它就遭到了一只小蚊子的报复！一头狮子十分蔑视毫不起眼的蚊子，而蚊子也一直怀恨在心，寻找着机会报复它。

终于有一天，蚊子决定要对狮子发动一场战争，嗡嗡嗡地向狮子挑衅！狮子觉得可笑至极，但蚊子非常认真。它围着狮子不停地叫着，选好时机，猛地向着狮子扑了过去，把自己的毒刺扎进了狮子的屁股！狮子浑身抖了一下，想要用尾巴将蚊子赶走。可是蚊子相当机灵，而且它胆子还不小！它吮吸狮子的鲜血，但是这位勇士却不为所动。

小巧的蚊子继续发挥自身的优势，钻进狮子的鼻孔、耳朵，惹得狮子狂躁不止，爪子不停地乱抓乱挠。狮子的叫声吓到了周围的野兽们，大家四处逃窜。而引起这场灾难的，竟然是一只毫不起眼的蚊子！耗尽力气的狮子，终于倒在地上，低声下气地求饶。撒过气的蚊子，也开心地同意了。

一瞬间，我们可爱的胜利者变成了诗人一般，在整个森林里不停地分享着胜利的消息！

庄稼人和读书人

春天到了，种菜人辛勤地翻着地，就像想要挖出什么宝贝一样！这个庄稼人身体强健，精力充沛，没一会儿，就翻了五十多畦的黄瓜地。

庄稼人的院子旁边，也有一个热爱植物的邻居，但他是一个爱吹牛的假爱好者。他会做的，只是根据书本的理论空谈一气。有一次，他心血来潮，想要亲自动手种黄瓜，但是还要嘲笑庄稼人："邻居啊，你工作得还真是卖力！不过我比你更加努力，而你的菜园和我的相比，就像是一片荒地。重要的是，你的这种种地技术，竟然还没有破产？你懂得一点儿科学依据吗？"

邻居冷静地回答说："没有那些时间。我所了解的科学，就是双手、熟练的技巧还有勤劳。我的生活就是依靠这些的。”

“你这个蠢材，竟然不相信科学！”

“不对，邻居，你没有理解我的意思，你是不是有什么好的办法呢？我可以向你学习。”

“好啊，就等着夏天好好瞧着吧！”

“可是朋友啊，现在不是就该动手了吗？我已经种了一些了，可你连一小块地都还没有整理好啊！”

“是啊，我的时间都花费在研究理论上了，还没有准备好犁地，不过一定来得及的。”

说完这些，两人就分头去忙了，翻地的翻地，研究书的继续研究。两人都忙得不可开交。读书人的菜地里好不容易长出了一些嫩苗，却在看到新的培育方法之后，又马上改变主意，挖去嫩苗重新栽种。如此反复了不知道多少回。

最后，种菜人的黄瓜收获颇丰；可是读书人呢？却是一无所获。

农民与狐狸

农民碰到了一只狐狸，他说：“朋友啊，我想不通你为什么对偷鸡会有那么大的兴趣呢？多么可惜啊！现在只有我在，我希望你能听我一句，这样的事情损人不利己，什么好处都没有。先不说这种行为是可耻的犯罪，世人都在咒骂你，而且总有一天，你会为这种行为付出代价的！”

狐狸回答说：“你以为这样的生活我愿意忍受吗？我也是实在没有办法啊，我多希望你能知道，我还是善良有良心的！可是能怎么办呢？为了维持生活，养活一家人，我只能这样。不过，朋友啊，其实我也想过的，靠着这样的勾当生存的，应该并不只有我一人吧？”

农民回答说：“你说的这些可信吗？如果是真心的，我想我能帮助你走出这罪恶深渊！我雇用你帮我看守鸡窝，因为你一定是最了解狐狸的心理。而且这样，你的生活也就不需要发愁了！”

他们就这样谈拢了，狐狸也开始了自己看守鸡窝的工作，生活大好。庄稼人和狐狸都很满意。狐狸被喂得肥肥的，但是品行似乎并没有变好。这样简单就到手的东西，并不能满足它的需要。最终，在一个夜深人静的夜晚，狐狸咬死了鸡圈里所有的鸡。

真正有良心又诚实的人，不管遇到怎样的苦难，都不会选择偷窃或者欺骗。而一个真正的小偷，就算你给他万贯家财，他照样不会停止做那些见不得人的勾当。

教育小狮子

森林之王好不容易得到了一个儿子，小狮子在一岁的时候就早早离开了襁褓之中。这些野兽可不同于咱们人类。人类的孩子，即使是帝王的子女，在一岁时也是弱小又笨拙的。

狮子王为了小狮子的将来，苦思冥想应该找谁来传授它该学的知识，让它在将来统治国家时，不会愚昧无知，玷污皇家的荣誉。

狐狸吗？相当聪明却喜欢撒谎。总和撒谎者在一起，做什么都不会有好结果的。还是算了吧。鼹鼠吗？好像鼹鼠做事有条有理，没提前准备的地方不会去，就连吃的谷粒，全都是亲自一颗一颗剥好的。不过，它的眼睛不灵光，只能看见自己眼前的东西，再远就什么都瞧不见了。鼹鼠的本领可能更适用于自己吧，狮子的王国比鼹鼠的洞穴大得多啊！

那要不然，交给豹子？凶猛勇敢，而且精通战术，但好像对政治一窍不通！不懂什么权力，怎么教得了国家统治这样的课程呢？既是国王，也是法官、大臣或是战士。豹子只会打架，根本做不成王位继承人的师傅。

就这样。狮子大王考虑了所有的野兽，却没有一个合格的。最最受敬重的，当然是大象，它就像古希腊的柏拉图一样聪慧。可狮子仍然觉得它还是不够聪明，学识不够丰富。

老鹰也是王，它听说了狮子的烦心事，决定为朋友分忧解难。它表示自己愿意亲自教导小狮子。狮子王高兴得不得了，有个国王做教师那真是再好不过了！可这到底是福是祸呢？小狮子带着行李，来到了鹰王的地盘。

一两年很快就过去了，不管是谁都对小狮子满是赞扬！鸟儿们不断地宣传着小狮子的事迹！终于到了毕业的时间，儿子回家了。狮子大王召开了臣民大会，和儿子亲吻拥抱，好不亲热。它对儿子说：“亲爱的，快告诉我你都学到了些什么？我的继承者只有你，我也将不久于世，这个王位该传给你了！”

小狮子自豪地回答说：“爸爸啊，我所学的知识，那可不是谁都会的！从老鹰到鹌鹑，不管什么样的鸟，它们的生活习性我都一清二楚！老师们还给我颁发了许多证书！要是你肯让我去管理这个国家，我一定教会大家怎样筑鸟巢。”狮子王和各位臣子都皱起了眉头，垂头丧气。

这时，老狮子才醒悟，自己的儿子根本学了一些没用的东西回来！本来天生是管理野兽的，有什么必要去了解鸟儿的习性呢？对国王来说，最重要的，还是对自己子民的习性了如指掌，将自己国家的利益放在首位。

一位老人和三个年轻人

一位正准备种树的老人，受到了旁边年轻人的嘲笑："人家种树都是为了盖房，可是看你这样也活不了多久了嘛！要享受你自己的劳动果实，那是需要两个世纪的，难道你以为自己是老寿星第二吗？老头啊，你还是不要再继续了，说不定什么时候就归天了！这样的计划不如交给我们，我们还是正当年纪，不像你，早就一只脚迈进棺材里了！"

温和的老人回答说："年轻人啊，这个劳动的习惯我可是年轻的时候就养成了！如果说我这么做不只是为了我自己，我想我会做得更加心甘情愿！

"善良的人不会什么都只为自己。种树自然有我想要的快乐，就算等不到它们枝繁叶茂的一天，可是如果未来能为我的子孙带来阴凉，就相当于看到自己的劳动果实了！至于谁活得更长一些，那谁又说的准呢？

"你们青春年华，就不会和死神见面吗？说来也可惜，我老了以后，也曾为一些年轻的男孩女孩们送丧。也许说不准，最后大地首先拥抱的是你们呢？"

事情的结局果然被老人家说中了。到海外经商的一个年轻人，本来满腔的热血，但是一场意外的风暴却让他丧生于海底。而另一个，则在异乡染上了恶习，最终把自己的性命也搭了进去！第三个呢？则是因为在热天吃了太多生冷的食物，病倒之后，连经验丰富的医生都没能抢救过来。得知这些消息的老人，善良地为他们感到痛惜。

一棵小树

一棵小树看到农民带着斧头来到身边，就向农民求助道：“亲爱的，你帮我把身边的这些树木都砍光吧，它们阻碍着我自由生长，没有阳光没有风，我的根也不能向远方延伸，它们就像天罗地网一样，将我困在中间！没有了它们，要不了多久我就可以将浓荫遍布山谷。可现在我却细小可怜。”

农民答应了它的请求，帮它清理了周围的树木。但是没过多久，小树因为不断受到太阳烘烤，大雨冰雹袭击，终于在折磨当中夭折了。

一条蛇对它说：“你真是愚蠢，这都是你自找的。如果你躲在树林的浓荫下，怎么会受到这些伤害呢？老树会保护你不受灾难，等到将来它们都被砍光的时候，你也已经长成，变得坚强粗壮。不管多大的风暴，你都会安然无恙地度过，你自然也不会有今天这样的下场了。”

鹅

一个乡下人赶着一群鹅到城里去卖钱。说实在的，他因为急着去赶集，对自己的鹅还真是不客气。（事情涉及利益，就算是换成人，也是一样的待遇）我并不想对此多说什么，可是鹅自己却有着不同的想法。

在途中，鹅群遇到一个行人，鹅儿们不断地抱怨着自己的主人：“天下还会有比我们更不幸的吗？主人对我们如此粗暴无情，任意驱赶我们，难道他就一点儿都不知道吗？我们可是出身名门，祖先还曾拯救过罗马，在那里还有专门纪念它们的节日！”

行人问道：“那这和你们有什么关系呢？”

“我们的祖先……”

“这些我都知道，可你们又做过什么呢？”

“我们的祖先可是救过罗马的！”

“又提祖先，我问的是你们！”

“我们？什么也没有做过啊！”

“那你们有什么高贵可言呢？你们的祖先理应受到尊敬。而你们，也只配烤熟了提供给人类享用了！”

唉，本来还可以继续说下去的，但还是不要让鹅儿们更加难堪了吧！

一只母猪

一只母猪钻进了财主的院落，它不停地绕着马厩、厨房奔跑，在垃圾和粪便堆里打滚，又在污水坑里泡了泡，才大摇大摆地回了家。

猪倌问道：“怎么样啊，老母猪，在那边你都见到些什么？和传说中的一样吗？金银珠宝成堆吗？”

母猪哼哼着回答说：“哼，全是骗人的！哪有什么宝贝？只有垃圾粪便嘛！不过，我已经把他家后院拱遍了！”

希望我的这个故事不会伤害到谁，但是如果批评家不辨好坏，只能看到丑陋肮脏，那也不过就是猪了。

雄鹰和蜘蛛

一只雄鹰翱翔在云端，然后栖息在一棵高加索群山的古松之上，尽情享受着眼前的美景。

它似乎可以看到大地的尽头，奔流不息的长河，披着盛装的树林和牧场，远方似乎还有翻滚的黑色波浪，好像一只乌鸦的翅膀。

“宙斯啊，你真是伟大！在你主宰之下，我可以尽情飞翔，真不知道还有哪里是我不能到达的地方。”

雄鹰又对着朱庇特嚷叫：“我正在谁也到达不了的地方，惬意地欣赏世界美景。”

这时，一只弱小的蜘蛛插话说：“你就不要吹牛了，我待的这个地方，不就比你高吗？”雄鹰抬头看看，还真是有一只蜘蛛，它正不厌其烦地织着网，看起来像是一个小太阳。

“你是怎么来到这儿的？那些勇敢的飞行家们都不曾来过这里。你又瘦又小，是爬上来的吗？”

“我可没有这样的本事！”

“那你是怎么来的呢？”

“是你把我带来的啊，我粘在你的尾巴上。现在，就算没有你，我也可以很好地生活。你就不要再自豪了，我可是很……”话还没有讲完，蜘蛛就被一股风吹到了山脚下。

这样的事情你会怎么看呢？这些借助别人上位，自己却没什么本事的人，和这只蜘蛛有什么不同呢？不自量力地挺起胸膛，一阵风吹来，还是会和蜘蛛网一起被扫得干干净净。

淘气的小狗

一只淘气的小狗，日子过得可真是舒坦。要是换作别的狗，早就心满意足，不再偷吃东西了！可是这只呢，它只要看见肉，就想偷吃。不管想什么办法，始终是改不掉。

有一天，主人的朋友想了这么一个主意：“朋友啊，你再怎么严厉也对付不了它。这是因为你帮它养成了这个坏习惯！它偷的东西，你总是留给它。其实你可以少打它，试试把它偷的东西抢回来！”

主人这样试了几次之后，小狗果然不再偷东西了！

老鹰与鼹鼠

任何人的忠告，都是值得我们认真去思考的。

一雄一雌两只鹰从远方飞来，进入到一片森林深处。它们选中一棵枝繁叶茂的大树，作为自己安家落户的地方。它们筑巢为孵育小鹰做准备。

听到这个消息，鼹鼠勇敢地向它们提出建议：这棵树的根早就烂掉了，根本不适合在上面筑巢安家。

傲慢的雄鹰怎么会相信来自洞穴的鼹鼠呢？它们锐利的眼睛获得过多少称赞啊！小小的鼹鼠还想来多管闲事？鹰王忽视了这个劝告者，很快就投入到了工作中。新居很快建成了，并且它们很快开始生儿育女！

但是，后来的结果似乎并不如人意。一天早上，雄鹰带着早餐归来后，看到的竟然是倾倒的大树，雌鹰和小鹰也丧命于大树之下。雄鹰悲痛万分，哭诉道：“我真是该死！为了那些骄傲，竟然受到这么严厉的惩罚！我当时真应该好好听从鼹鼠的忠告！”

鼹鼠从洞里喊道：“你要是当初多多重视一下我的忠告，想到我是在树根附近挖洞的，没有人比我更清楚树的状态！你就不会有这样的下场了。”

麻烦的四重奏

长尾猴、驴子、山羊和熊，一起商量着要办场演奏会。它们找来了低音提琴、中提琴和两把小提琴。当然，还有必不可少的乐谱。它们在椴树下做好准备，可是演奏的曲子根本不成调。

猴子着急了：“朋友们啊，先等一等啊，你们坐的位置不对，才影响了演奏的水平。狗熊啊，你是低音琴要坐在中音琴的对面。我是第一小提琴手，要和第二提琴手面对面！这样一来，我们的演奏效果一定会大有进步！大自然也会赞赏我们的！”

它们重新开始，但是这回，似乎并没有什么不同。

这回轮到驴子大叫了：“快停下来吧，我知道是怎么回事儿了。我们应该坐成一排的，这样肯定能行！”

于是，大家又听从驴子的安排，但还是拉不成调子。就这样，它们为了座位的问题，一直争论不休。终于，一只夜莺闻讯而来。大家便请求它来帮忙：“麻烦麻烦啊，亲爱的夜莺，请你指点一下我们的四重奏吧，乐谱乐器我们都有，但是我们到底应该怎么坐位置呢？”

夜莺说道：“要想做成音乐家，需要娴熟的技巧和灵敏的听力。可是亲爱的你们，都不具有音乐家的潜质，不管怎么调整座位，都不会有结果的！”

树叶和树根

晴朗的一个夏日，树叶为大地带来了阴凉，它不断和微风赞赏着自己的茂盛枝叶。

“就是因为我，整个山谷才如此富有生机活力，也是我们，为树干带来葱郁秀丽。没有我们的话，树干得变成什么样子呢？

“说实在的，我们是有骄傲的资本的。牧童、旅人能够躲避炎热酷暑，享受阴凉，还不是因为我们？

“放牧的少女会来这里表演歌舞，还不是被我们的美貌所吸引？日出日落夜莺都会来高歌一曲。就连亲爱的微风你，也总是不离我左右。”

这时，一个稳重的声音传来：“这恐怕也有我们的功劳吧！”

树叶愤怒地反驳说：“你算什么东西？也敢来和我争功名？”

树下的声音又回答道：“我们长年都在阴暗的地下，你们的成长还不是因为我们的哺育？我们是树根，有了我们，你们才能一片葱绿。你们可以炫耀自己，但是请你们记得大家分工的不同。春天来临，绿叶才会生长，但如果没有树根，也就不会有你们的存在了。”

风筝

一只风筝尽了最大的努力，来到云朵的身边。它俯视着大地，看见山谷里一只蝴蝶在飞舞！

风筝激动地喊道："蝴蝶啊，你一定不能相信，我就快看不到你在哪里了。你见到我这样，一定嫉妒得不行吧！"

蝴蝶回答道："嫉妒？怎么可能呢！你虽然飞得高，却被线扯住。像你这样的生活，我是不愿意的！你有什么自负的呢？我虽然不如你飞得高，却比你自由得多，也永远不会像你一样，如此开心地去做别人的玩具！"

天鹅、 梭鱼和大虾

大家不能齐心协力，事情的进展一定不顺利，还会遭很多罪。

这一天，天鹅、梭鱼和大虾决定一起去拉一辆货车。它们一起套上车，都用尽了浑身力气，车子却半步都不动。

其实，拉动货车并不难。可是它们呢？一个往云里拉，一个往后拉，还有一个又往水里拖。但是，它们又有什么错呢？——还是交给它们自己去解决吧！

可惜，货车好像到现在都没有动过！

嫉妒的八哥

每个人都有自己特殊的才能，可是有些人看见别人的好就眼红，总想着能在什么事情上逞能。我想说的是：要想获得彻底的成功，就要选择合适的事情来做。

有一只八哥，从小学金翅雀唱歌，好像自己生来就是一只金翅雀。它这一有趣的行为让森林的鸟儿们都很开心，所以都争着夸奖它。

别的鸟儿听见这些夸赞都会非常满足，可八哥不是这样，它听见大家再去夸奖夜莺就嫉妒得要命，说："我还可以学着夜莺的调子，唱得和它一样好听！"于是，它真的吱吱呀呀地唱起来，但它的嗓音啊，实在不敢恭维！一会儿尖嗓门叫着，一会儿哑嗓子号叫，一会儿像羊羔，一会儿像小猫。凡是听见它声音的鸟儿们都躲得远远的。

亲爱的八哥啊，你这是为了什么呢？与其把夜莺学得这么失败，不如继续好好地向金翅雀学习。

特利施卡的外套

特里施卡的外套袖子上磨出了窟窿。其实这也没什么好说的，缝一缝就好，他剪了四分之一的袖筒，补上了那个洞。袖子是补好了，但是露出来的四分之一手臂怎么办呢？

特里施卡觉得无所谓，但是其他人却都在嘲笑他。他却回答说："我又不傻，短的改长我也会。我一定能把袖子缝得比原来更长！"

这个小伙子，想法还真是不简单！为了补袖子他竟然截下了外套的一段下摆！结果，这外套变得比坎肩还要短，可主人穿得还是满心欢喜。

平常，我们总会见到一些人办糟了一些事，也是会这样来找偏差。看啊，他们穿的正是特里施卡的外套啊！

火焰与钻石

一个宁静的夜晚，点点火星变成了熊熊大火，迅速吞噬了周围的房屋。到处都充满了恐慌，一块明亮的钻石被遗落在路旁，散发微弱的光芒。

火傲慢地对钻石说：“你再闪耀，在我面前也什么都算不上！没有我的照射，你是不会被任何人发现的，和那些碎玻璃、水珠没有任何分别。

“当然了，还有那些破布条一样的小东西，也可以轻易就掩盖住你的光芒。甚至是一丝头发，都能损害你的光芒。

“我就不一样了，我要是发怒了，没有什么能掩盖住我。你看啊，人们拼了命来扑灭我，都被我轻松地挡了回去。

“不管什么碰到我，都会被变成灰烬。我火光冲天，给他们带去了多少惶恐!”

钻石安静地回答它：“跟你比，我的光芒的确不算什么，但是我却不像你。我是无害的，只有你这样心怀嫉妒的人才会厌烦我。你的光芒只能带来灾难。你瞧瞧，大家为了扑灭你，多么团结。你越是凶猛，消失得也越是快!”

大火被人们合力扑灭，到了早晨只剩下臭气黑烟。而钻石呢？很快就被发现，装饰在了美丽高贵的皇冠上！

隐士和熊

遇到危险有人帮助非常难得，但是正确地帮助也并非每个人都能做到。要是碰上一个殷勤的傻瓜，那才是真的可怕呢！

很久以前，有一个无依无靠的孤独人，他远离城市，独自居住在荒郊野外。尽管很多人都觉得这种隐居生活舒适又惬意，但是能有几个人忍受得了呢？生活只有充满分享，才会有快乐与安慰。

大家会说：“不是还有草地树林，山峦溪流吗？”

“是啊，这些景色是很美，可连个说话的人都没有，该多寂寞啊！”

这位隐士终于忍受不了寂寞的生活，来到森林中去找寻朋友！可是森林中除了狼和熊，还会有什么呢？

这时，一只大狗熊出现了。无奈之下，隐士只好向这位邻居脱帽致意。邻居竟然也伸出熊掌来回礼。他们两个就这样结下了友谊。他们总是交谈着各种趣事，朝夕相处，形影不离。但是他们的谈话内容，交流方式，我至今也没搞明白。

隐士的话并不多，狗熊米什卡也生性沉稳，并没有泄露内情。总之，隐士找到了一位朋友还是很开心的。他总是跟在米什卡身后，要是哪天它不在就浑身难受。

这一天，天气炎热。我们这两个亲密的朋友沿着山路去漫游，人的体力毕竟没有熊那么强健。很快，隐士就体力不支了。米什卡很贴心地建议朋友，躺下来歇一会儿，并且承诺自己会守在旁边。隐士听从建议躺了下去，没一会儿就进入了梦乡。

米什卡守在旁边也没有闲着，不停地帮助朋友驱赶鼻端的苍蝇，可重复了很多次，苍蝇还是回到了朋友脸上。米什卡不耐烦了，随手拿起一块大石头，屏息蹲在旁边，心里想："看我怎么收拾你！"等着苍蝇刚一落下，米什卡就使出浑身力气，正正地砸了下去。

它这一砸不要紧，苍蝇死了，朋友的头盖骨也变得粉碎。这个好朋友就这样长眠不起了！

好奇的参观者

"亲爱的朋友，你好啊！你这是上哪儿去了？"

"我去了博物馆，在那儿待了三个钟头！该看的都看了，一样没剩。真是不敢相信，那些东西真是无法描述的惊奇！看到那些，你会感叹大自然的奇妙，那里有世上所有的飞禽走兽！还有各种昆虫，甚至是蟑螂和苍蝇。有的像宝石，有的像珊瑚，还有一种比针头还小的瓢虫！"

"你看见大象了吗？得多么壮观，像一座山一样吗？"

"当然看到了！"

"唉，还真是遗憾：我怎么就没有见过大象呢！"

骑手和马

一匹经过严格训练的马，不需要缰绳，骑手也可以自如地控制它。它也完全能听懂骑手的各种语言。

"这么乖的马根本就不需要口衔嘛！"主人突发奇想，"应该这么办！"

当他骑马外出时，就将马的缰绳解掉。刚开始，马儿好不容易得到自由，脚步变得轻快起来，紧接着就昂首抖鬃，开始飞奔，对主人的安排很是满意。当它意识到自己身上什么束缚都没有之后，开始不断放纵自己。它两眼发红，热血沸腾，在原野之上开始驰骋。

这时，骑手已经后悔了，却没有办法再将缰绳套上。马儿已经肆无忌惮，像一阵旋风那样飞奔！最后连骑手都甩了出去。马儿仍旧自顾自地飞奔着，辨不清方向，看不清道路！最终，马掉进深谷，摔得粉身碎骨。

骑手万分痛苦："可怜的马儿啊，都是因为我才让你遭遇这些不幸！要不是我解了你的缰绳，你也不会不能控制自己，还把我甩了下来，甚至这样悲惨地死去！"

自由一定是诱人的，但如果没有任何限度，同样会带来危害。

农民与大河

因为小河、小溪的泛滥，农民被折腾得倾家荡产！他们实在没有办法了，就去请求大河的帮助，因为大河是溪流的最后归宿。

农民们控告了溪流太多的罪状：冬麦被毁了，磨坊被冲垮，牲口被淹死！但是那条大河呢？虽然水流巨大，却平缓至极。从来不会伤害到两岸的居民。所以农民认定，大河一定会管这件事情。

结果呢？当他们走近大河，看清河面时，才恍然大悟，自己一半的财产都在大河这里。还能怎么办呢？找大河又有什么用呢？农民们摇摇头，悲伤地回去了。找大河解决问题，根本是在浪费时间。小的将这些不义之财献给大的，大的又怎么会惩罚小的呢？

乡村大会

再完美的规章制度，如果执行的人不讲道德、没有良心，也会有人钻空子，借机实施自己的阴谋诡计。

狼向狮子请命去做羊的班长。它的好朋友狐狸也在一旁帮腔。狼在动物界可是臭名昭著，狮子为了避免外界舆论，下令召开兽民大会，想要听取大家的意见。

众兽来到会场，按照自己的地位身份顺序发言。可奇怪的是，没有一位反驳这一提议。最终，狼还是被派到了羊圈。可是羊呢？它们什么都没说吗？事实上，羊早就被大家忘在脑后了。

杰米扬的鱼汤

“亲爱的邻居啊，你快吃吧！”

“好邻居啊，我已经吃饱了！”

“那也可以再来一碗鱼汤的！我这鱼汤，可是特别香的啊！”

“我都已经吃了三碗了。”

“哎呀好了，就不要数得那么清楚了！只要想吃，这一盘都是你的了。你看那鲜美鱼汤，就像琥珀一样美丽。亲爱的朋友，赶快加油啊。这些鳊鱼、熏鱼、鱼肠都是你的。就再来点嘛，快尝尝这鲜汤！”杰米扬对待他的好邻居福卡，一直都是如此热情。一刻都不能停！但是福卡呢？早就没有力气继续吃了。

杰米扬开心得不得了："我就是喜欢你这样随和！亲爱的，再来一盘吧！"可怜的福卡啊，就算再喜欢这些鱼汤，也实在是吃不进去了！他逃命似的带着帽子、腰带，冲回了家，再也不敢登门了。

幸运又聪明的作家啊，不管你到底有多少才华，如果总是絮絮叨叨不懂沉默，总有一天，你会发现，你的那些才华会比杰米扬的鱼汤更加烦人！

金翅雀和鸽子

一只可怜的金丝雀被残忍地关进了鸟笼，它不停地扑腾着。

一只小鸽子在旁边嘲笑它，"你怎么一点都不难为情呢？大白天都会被抓住，换成我，肯定不会这么蠢。这点自信我还是有的。"可是你看，鸽子的话音还没落，它就被套绳给拴住了。

还真是活该！看这鸽子还敢不敢再嘲笑别人的不幸！

熊和蜂蜜

一年春天，熊被推举成了蜂房的总监。

熊最爱的就是蜂蜜。如果由其他人负责，才不致后悔莫及。可是，野兽们当时并没有想到这些，不管邀请谁，都遭到了拒绝。

像是上天眷顾，狗熊米什卡竟然得到了这个美差。结果可想而知：它把所有蜂蜜都搬回了自己家。野兽们知道后，决定对它进行处罚，罢免了它的官职，关它的禁闭，让它在树洞里待上一个冬天。决定签署后，还进行了严格检验，却没有要求米什卡如数归还蜂蜜。

米什卡似乎对这个判决没有任何不满。他告别大家，钻进舒适的树洞，舔着沾满蜂蜜的熊掌，就这么满心欢喜地等待着解禁。

照镜子的猴子

一天，一只长尾猴对着镜子照了照，然后轻轻地踢了踢身边的狗熊："亲爱的朋友你快看啊，这个家伙多么可笑！跳来跳去，扭扭捏捏。我要是和它一样啊，早就去上吊了。说实话，我的亲戚中还真有几个这样的，我能给你逐个列举出来。"

米什卡回答说："朋友啊，不必了，你扭过来看看自己不就好了吗？"

但是骄傲的猴子根本听不进去。

世上这样的事情并不少见，谁都不想承认讽刺画中的主角就是自己。像昨天，大家都清楚是克里梅奇做了不该做的事，贪污受贿，但他自己却示意大家，这是彼得贪污的把戏。

蚊子和放牧人

因为有猎狗的放哨，放牧人安心地在树下睡着了。树丛中的一条毒蛇看到，便悄悄向放牧人爬了过去。只要它的毒舌一伸，放牧人就会立刻丧命。

一只蚊子看到了，为了救放牧人，就在他的脑门叮了一个包。牧人惊醒，转身击毙了蛇。此时，还没有完全清醒的放牧人本能地一拍脑门，那只可怜的小蚊子就这么死了。

弱者试图向强者揭露真相时，即便是出于好心，也有可能落得和蚊子一样的下场。

农民和死神

一个贫困又身体不好的干瘦老头儿，在寒冷的冬天扛着一捆干柴，慢慢地走回家中。重压下的他，累得气喘吁吁。疲惫不堪的老人停下来休息，叹了口气抱怨道："我为什么会过这样的日子？贫穷得要命，要养活老婆孩子，还要缴纳各种税款。我多想能过一天快活日子啊！"他苦闷地抱怨着命运的不公，竟然召唤来了死神。

死神瞬时出现在了他的眼前，面目狰狞："老头儿，你为什么召唤我？"被吓得不轻的老人紧张地回答说："你要是不介意的话，帮我背起这捆柴吧！"

看得出来，不管怎么样，多苦闷的生活都比死要幸福。

攀藤

园子里长出了一株攀藤植物，它绕着干枯的树桩不断向上爬着。它看见田野里的一棵小橡树，对树桩嫌弃地说道：“你看它那么丑，能有什么用呢？你可比它强多了，身躯魁梧笔直。它也不过就是有几片叶子，颜色还那么丑，真不知道给它那么多养分干什么。”

时间没过多久，主人为了烧火把枯树砍了，又将那棵小橡树移到了院子里。小橡树在土壤中扎根，长出枝桠，不断长大。现在，你看看，攀藤又往橡树身上爬了，还不断地溜须拍马。

善于阿谀奉承的人也不过如此了吧！不管你是怎样的好人，都不要想从他那里换回一句好话。除非你得势，他一定会第一个来巴结。

大象得宠

大象受到狮子大王恩宠的消息，很快就在森林里传开了。大家七嘴八舌地猜测着，这是因为什么呢？它既不漂亮，也不可爱，更没有优雅的风度姿态。

狐狸摇着尾巴说：“他要是拥有一条我这样的尾巴，也就觉得正常了。”

熊说：“不对，也许是因为脚掌呢？大家都知道，他并没有脚掌。难道是因为象牙？”

犍牛急忙插嘴道："难道是因为他的象牙被当作了牛角？"

驴子激动地说："哎呀，都不对，都不对。我看他是因为一对大耳朵，要不然也不会受宠的！"

我们没有注意到的是，它们在称赞别人的同时，实际上是在夸奖自己。

一片乌云

一片乌云经过了干旱酷热的大地，却没有留下一滴雨来滋润土壤，反而把瓢泼大雨给了波涛汹涌的大海。事后，它还自豪地和山岭吹嘘自己的慷慨大方。

山岭说："你以为你这么做会有什么好处吗？我真是痛心，如果你的甘霖是洒在大地上，能够免除多少饥荒灾难啊！可现在呢？就算没有你，大海也还是依旧波涛万丈！"

诽谤者和毒蛇

人们常说，魔鬼从来不会讲道理。其实这也不全对，你看我这个例子就说明，只要有真理，它们有时还是清楚的。

在地狱的盛典中，毒蛇和诽谤者为了排名吵翻了天。到底谁才应该在前面呢？大家都明白，在地狱里，评判排名的标准一定是看谁制造的灾难更多！

激烈的争吵中，诽谤者向毒蛇吐着舌头，毒蛇则显摆着自己的毒芯子。他们互相叫嚣着，谁都不肯退让。眼看诽谤者就落后了，幸运的是魔鬼不能容忍这样的结局，亲自站到了诽谤者身旁，毒蛇退后了。

魔鬼对毒蛇讲："我承认你的毒芯子更厉害，百发百中，置人于死地，就算没有恶意，你也是这样对待！（这一点确实是非同小可！）但让他排在前面还是有道理的，你再厉害，也拿远方的人毫无办法！可是他不同，高山大海都不能阻挡他的中伤。这比你要更凶狠。所以还请你以后要学会谦虚。"打从那时候起，诽谤者就一直排在毒蛇之前了。

命运之神和乞丐

穿着破旧的乞丐，在一扇窗户下不停地徘徊着。他抱怨着自己的命运，同时又奇怪那些高楼大厦里拥有数不清财富的人，为什么永远都不知道满足？奢侈浪费，贪得无厌，最后搞得自己彻底破产。

就像那座房子的主人，做生意赚了一大笔钱，但他不愿意收山安度晚年，反而选择出海继续赚钱。不幸遭遇了海难，船沉了，万贯财富也一起沉入了海底。另一位是做承包税款生意的，本来有机会成为百万富翁，但总是贪心不足，结果却破了产。这样的例子不胜枚举，可他们都是活该。

这时，命运女神出现了："我早就想出现来帮助你了。你看，我给你一个袋子，你要用它来接住我收集的金币。不过，落入袋子的就是金币，要是落到地上，就立刻会变成垃圾。一定要记住我的警告！我会严格遵守这些条件，这个袋子可是不太结实，你可要适可而止啊！"听到这些话，乞丐已经激动难耐了。他把袋子打开，尽力去接那些如雨点般落下来的金币。很快，袋子就变得沉重起来。

“够了吗?”

“不够。”

“袋子可要破了!”

“不怕。”

“你已经快要变成财主了!”

“再多一点吧。”

“满了啊，你看袋子都要破了!”

“再稍微多一点!”

就在这时，袋子破了。满满的金币，都落在地上变成了垃圾。命运女神也不见了，眼前只剩下那个破烂袋子。乞丐还是像以前一样，穷困潦倒。

青蛙和天神

沼泽里居住着一只青蛙。春天的时候，它搬到了小山上，在灌木下的阴凉处，搭建了一处天堂般的处所。但是，好景不长，夏天的时候别墅特别干燥。苍蝇在那里爬行，都不会沾湿自己的脚。青蛙虔诚地祷告着：众位神灵啊！请求你们保佑我，可怜我，发一场大水吧。这样我的别墅就会永远有水源。青蛙不停地叫着，最后竟然诅咒起天神来。

天神说：“你这愚蠢的青蛙，你再怎么叫下去，都只是徒劳。我们是不可能为了你的私心，让无辜的人类遭殃！你还是搬回你的沼泽地去吧!”

像青蛙这样的人有很多，他们只看得到自己，为了自己的利益，世界毁灭都无所谓。

狐狸建筑师

有一只喜欢养鸡的狮子，不过它的鸡总是出问题。其实这也并不奇怪，门户洞开，难免会有被偷或者走失。

为了减少担忧，狮子决定为鸡建造一座鸡舍。而且鸡舍的建造要求是很高的！看守严密，防止任何窃贼的进入，鸡在里面的生活还要舒适安逸。有人报告说，狐狸是这方面的能手，于是狮子就将这一重任托付给了狐狸。

狐狸勤奋能干，工程进行得相当顺利。大家看后都纷纷赞赏，这鸡舍还真是不错！喂饲料的鸡架，孵蛋的僻静地方，避暑避寒，一应俱全。不仅是称赞荣誉，狐狸还获得了一笔奖金！高兴的狮子立刻下令将鸡迁了进去。但结果呢？情况似乎并不乐观，厚实的墙板没有起什么作用，鸡还是越来越少。

这是怎么回事呢？原来是那只坏蛋狐狸。它在谁也钻不进去的鸡舍下面，给自己留了一个暗道！

狼和牧羊人

一只狼在羊圈周围贪婪地张望着。它透过篱笆，见到牧羊人平静地宰杀了一只最好的羊，可是猎狗却一点反应都没有！

狼懊恼地离开，心想："朋友啊，这要是换作是我，你得怎么叫嚷啊！"

杜鹃和斑鸠

杜鹃悲伤地在枝头哭泣，可爱的斑鸠安慰道：“朋友，你为什么如此悲伤呢？是因为春天离去，太阳低沉，冬天就要到了？还是你的爱情逝去了？”

“我这样可怜，怎么能不伤心？你想想啊，春天的时候我幸福地恋爱，还当上了母亲。但是孩子们竟然不认我做母亲，这不是我想要的！当我看到母鸭身边围绕着小鸭，母鸡呼唤着小鸡，我真是羡慕得不得了啊！我无依无靠，也不用去照顾谁，真不知道这是什么感觉！”

“可怜的朋友啊，我真是同情你！要是我的孩子们也这样对待我，真不知道我该怎么活下去！虽然这样的事情很常见！你老实回答我，真的做妈妈了吗？我从没见你筑过巢，总是不停地飞来飞去！”

“筑巢多浪费时间啊，我可不傻！我的蛋都是下在别的鸟巢里的！”斑鸠严肃地回答说。

“那你还想得到什么母子亲情呢？”

这则寓言对父母来说，很有教育意义。当然重点并不是孩子们对父母不敬不爱是永远罪恶的。孩子成长时，父母将他们交给阿姨，在年老时享受不到亲情，又该去怪罪谁呢？

贪心人

贪心的人总是想得到一切，结果却什么都留不下。虽然这样的例子不少见，但我还是想借一个故事来说明。

一个什么都不会的人，从不自己动手丰衣足食，但却有一柜子的金币。本来是有一只会下蛋的鸡，而且下的是金蛋，这得多么罕见啊！要是换作别人，一定会好好享受，慢慢变得富有！可这个主人却是贪心得很，他想："要是割开鸡的肚皮，一定会有更多的宝物！"

就这样，他把这只带给他财富的鸡杀了！可结果呢？得到的也不过是内脏而已！

两个酒桶

路上滚着一只装酒的桶和一只空桶。酒桶安安静静地向前滚动着，不急不缓。空桶则是一路飞奔，尘土飞扬，还带着刺耳的噪声。行人在很远处就听到了动静，受到惊吓，纷纷躲避着。但不管这个空桶怎么张扬，它都不可能拥有酒桶那样高的价值。

有的人也和这个空桶一样，热衷于吹捧自己，可实际上却又什么都不是。真正有本事的人，总是不喜言辞，他们只会埋头创造事业，专心致志，沉默不语。

猎人

人们做事情最喜欢找借口，“还来得及”一定是因为懒惰而没有认真思考才说出来的。手头有工作，一定要抓紧完成，不然等到真来不及的时候，就只能埋怨自己了。

一个猎人带着自己的全部装备，以及自己的老朋友——猎狗，来到森林中打猎。他不听别人的劝告，坚持带着空枪上路了。他心想：“这有什么呢？这片地方我熟悉得很，路上连只麻雀都不会有，到达目的地需要一个小时的时间，装一百回弹药时间都足够了！”

但不幸的是，他刚刚离开就看到了一群嬉戏的野鸭。如果他提前做好准备，一次就可以打够一星期的粮食。他这才急急忙忙地安装弹药，却已经惊动了机敏的野鸭。他还没来得及拿起枪，野鸭就飞了，很快消失得无影无踪。猎人继续寻找着，不仅一无所获，还倒霉地碰上了阴雨天气，可怜的猎人就这么狼狈地回去了。两手空空的他，只是抱怨命运不公，并没有意识到一切都是自己的问题。

驴子和种菜人

种菜人雇了一头驴来替自己工作，让驴子守着菜地不让乌鸦麻雀之类来搞破坏。驴子既不贪也不偷，从来不会碰主人的菜叶。大家都知道它是多么的尽忠职守，但种菜人的收益实在是不怎么样。

驴子不停地追赶鸟类，横冲直撞，并没有注意到脚下的菜叶已经被自己踩坏了。种菜人心疼自己的成果，拿起木棍打驴子撒气。大家都赞同地认为，那畜生真是活该！可是你有没有想过，驴子的确不对（也受到了惩罚），可是找驴子来守菜园的种菜人就没有过错吗？

狼与鹤

狼的贪婪众人皆知，吃东西时，皮骨也要一起吞下去。终于，有一次，狼因此而遭了难。一个骨头卡在了它的喉咙里，吞不下去也吐不出来，还不能喘气，痛苦得很！

幸好，一只鹤来到它身边。狼勉强地请求鹤帮助自己。鹤把嘴连同脑袋一起伸进了狼嘴里，好不容易解决了狼的难题，事后竟然找狼要起了报酬。

凶狠的恶狼吼道："你还真是异想天开，我能让你活着把头从我嘴里拿出去，已经是给你最大的酬劳了！你还想要什么？赶紧从我的眼前滚开，不然再撞到我嘴里可饶不了你！"

蜜蜂和苍蝇

两只苍蝇准备离开家乡飞往别处，它们怂恿蜜蜂一同前往。鹦鹉曾经向它们大肆吹嘘过外面世界的精彩，这更使得苍蝇们羞愧不已。无论它们飞到哪儿，都会受到驱赶。"甚至于（人们还真是不知羞耻，都是些古怪的东西）在丰盛宴席之上，都不允许我们分享，还要盖着玻璃防着我们。凶恶的蜘蛛也不放过我们。”

蜜蜂说：“祝愿你们一路顺风，我还是不和你们一同前往了，人们不会驱赶我，因为我会酿造蜂蜜，不管是平民还是高官都是我的朋友！不过我想，不管你们去到哪里，遭遇应该都不会有所改变。朋友啊，如果你学会为他人造福，怎么还会遭到驱赶呢？蜘蛛又怎么会不欢迎你呢？”

为祖国辛勤劳动的人，不需要背井离乡。不从事有益的工作，总是在异乡找到乐趣，那里不是他的家乡，自然不会有人感到遗憾，闲散懒惰也不会有人过多地重视。

农夫和蛇

蛇爬到农夫面前和他说：“亲爱的邻居，让我们和睦相处吧！你不需要再提防我。现在的我已经完全不同了，春天的时候我换了一层新皮。”

农夫并没有相信蛇的花言巧语。他拿起斧子说：“就算你已经换了皮，心肠还是一样的恶毒。”然后一斧子砍了下去，这位邻居便一命呜呼了。

当你已经让自己名誉尽失的时候，即使你换了一面新面具，也还是不能挽救自己。而且，你的下场很可能和蛇一样。

狐狸和葡萄

饥饿的狐狸钻进了一个果园，里面一串串成熟的葡萄诱惑着它，它眼睛发红，直流口水，水灵灵的葡萄在狐狸眼中都变成了晶莹的红宝石。

但是，很可惜，葡萄生长的位置太高，狐狸怎么努力都吃不到。白白折腾了一个多钟头，还是只能看不能吃。沮丧的狐狸决定放弃："算了吧，这葡萄看着好，吃起来一定还没有熟，酸涩倒牙，难吃得很。"

性急的狗熊

一只狗熊看见农夫因为做车轭（制作车轭需要耐性，急于求成是做不成的），收入很高。它便想自己也来做这门生意。

距离很远的地方，都能听见狗熊在瞎折腾，折树木的咔嚓声不断从森林深处传来。这只熊折断了不计其数各种种类的树木，仍旧什么都没有学成。

最后，熊去请教农夫："朋友，这是为什么呢？我用了无数的树木，却什么也没做成。你可不可以把诀窍告诉我呢？"

邻居回答说："最重要的窍门，就是你身上最缺少的东西——耐性。"

卵石与钻石

一颗钻石孤独地躺在路边，恰巧被商人发现了。商人把这颗宝贵的钻石献给了国王，国王为它镶上金边，镶嵌在自己的皇冠上。卵石得到这个消息后，无比羡慕钻石的经历。

这天，它看见一位农夫，就向他请求道："老乡，请你将我带到城里去吧！我不想继续在这里受苦。听说，钻石已经名扬四海了，我和它多少年都在一起，真是想不通它为什么能够发达起来？我们都是石头啊！你一定要答应我的请求，或许我也可以和它一样的。"

农夫将卵石放在了自己的车上，将它带进了城里。卵石满心欢喜地进了城，本以为会和钻石一样，没想到却得到了完全不同的待遇——被铺在了马路上。

夜莺

一个捕鸟人在春天的时候，得到了几只夜莺。这些拥有完美歌喉的鸟儿们被无情地关进了鸟笼里。

它们仍旧歌唱，只是不像在大自然中那样灵动起劲。被囚禁在笼子中，还能有什么激情呢？无事可做，只能用唱歌来排解苦闷。

其中一只夜莺最为痛苦，它和情侣因此被拆散，无法见面。它比谁都难过，悲伤又无奈地望着田野。但它又想到，悲伤又有什么用呢？只有傻瓜才会在困难面前哭泣，聪明的人会选择想办法来拯救自己。人类把我们抓回来，并不是要吃掉我们。在我看来，主人是享受我们的美妙歌声，或许我用歌声来讨好他，我就会因此被放掉。

于是，美丽的歌手开始不断歌唱。它的歌声迎接日出，又送走夕阳。结果呢？它的讨好并没有拯救自己脱离困境。那些唱得不好的夜莺，早已被放出牢笼，而我们这位可怜的歌手，却因为动听的歌声而一直被困在牢笼中。

两只小狗

巴尔博斯是一只忠实的看家狗，勤勤恳恳地待在主人身边。它看见自己的旧友茹茹——一只可爱的卷毛哈巴狗，惬意地卧在窗台柔软的软垫上。它像见到自己的亲人一样激动不已，连眼泪都直往下落。它在窗下蹦蹦跳跳地打着招呼："亲爱的茹茹，你在主人豪宅中的生活过得怎么样呢？你还记得我们曾经挨饿的日子吧。现在你都每天在做些什么呢？"

茹茹回答说："得到幸福不知足，那是罪过！主人非常喜欢我，我过得也异常舒适。吃喝用的都是银餐具，没事儿就向主人撒欢儿嬉闹，累了就在地毯、沙发上休息。你呢，日子过得怎么样？"

巴尔博斯耷拉着尾巴，垂头丧气："我还是老样子，吃不上也穿不上，为了好好看门，只能睡在墙根，下雨就挨淋。不小心咬错了人，还会挨打。茹茹啊，你虽然弱小，但不像我这么倒霉，无论做什么都没有用。你有什么诀窍可以告诉我吗？"

茹茹自豪地回答道："说起诀窍啊，那还真是奇妙！我会用后腿走路。"

许多人鸿运当头，也只是因为会运用后腿走路而已！

猫和夜莺

猫捉到了一只夜莺，它将这个可怜的小动物抓在手中，轻轻按着，温柔地对它说道：“我亲爱的小鸟啊，我听很多人都说过你的歌声优美，和一流的歌手没什么分别。狐狸对我说，你的歌声清脆又甜美，所有的牧女牧童都被你的歌声所折服，我也想亲耳享受一下。亲爱的朋友，请你放下担心，放下固执，不要害怕，我并不想吃掉你，只要你答应我的要求，随便唱点儿什么，我就一定会把你放掉，重新享受大自然的美好！我和你一样非常热爱音乐，我总是自己哼着歌就进入了梦乡。”

但是，这只可怜的小夜莺，仍旧不停地在猫爪子下挣扎。猫又接着说：“这样的条件还不行吗？你至少唱几声啊！”我们的小歌手并不能发出声音来，只有不断地吱吱叫的声音。

猫讥讽道：“你就是这样让大家全都为你倾倒的吗？传说中的歌声也不过如此嘛。小猫像你这样叫的时候，只会让我烦恼，吱吱呀呀，看来也没什么特别的。还不如吃到嘴里品尝一下味道呢！”

于是，可怜的夜莺就这样被一口吞下，什么都没有剩下。还需要我向你讲明白我的用意吗？猫爪子下的夜莺，绝没可能一展它的歌喉。

鱼的舞蹈

有人将法官、豪强和财主告上了法庭。狮子听说消息后异常愤怒，决定亲自去视察一下自己的国家。

在途中，它看到了一位正在生火的农夫，准备煮食刚刚捕获的鱼。可怜的鱼在热锅中不停地翻动着，渴望能够逃脱求生。

狮子愤怒地质问农夫："你是谁？这是要对鱼做什么？"

农夫紧张地回答说："尊贵的大王，我是专门管理这一带水族的长官。这些都是水族的头领和居民，我们正在迎接您的到来！"

"那这一带居民的生活水平怎么样呢？"

"尊敬的国王！它们简直生活在天堂！我们唯一的祈祷，就是希望您长命百岁、万寿无疆！"（此时，可怜的鱼还在锅里拼命挣扎着。）

"它们这又是在干什么呢？"狮子问道，"你能不能回答我，它们为什么不停地晃动脑袋和尾巴？"

农夫回答说："大王啊，它们是因为能够见到你，所以在兴奋地跳舞呢。"

狮子非常满意，吻了一下农夫的胸膛，随意地看了一眼锅中的鱼，又继续自己的视察之路了。

自作聪明的乌鸦

斯摩棱斯基公爵有着神机妙算的本领，他抵抗着疯狂的敌人，为他们布下天罗地网。为了更快地消灭敌人，他决定放弃莫斯科。

莫斯科市内的军民，不分男女老少，都紧急地收拾行囊离开。他们慌慌张张的样子，就像一群涌出蜂房的蜜蜂。相反，楼顶上一群瞧热闹的乌鸦却是那么惬意！一只母鸡冲着它喊道："朋友啊，你怎么还不赶紧走呢？敌人马上就要打来了啊！"

乌鸦不紧不慢地回答说："和我有关系吗？我的胆子大得很！你们愿意跑就跑吧，反正我又不会被拿去煲汤！我一定会和客人好好相处，兴许还能沾光吃到些奶酪、骨头什么的！再见了，小母鸡。一路顺风啊！"

乌鸦果然就留了下来。不过，它们的想法太过天真！它们最终还是被饿坏了的敌人抓去煲了汤！

人们打着如意算盘也是这样的盲目，自以为是地追赶着幸福的脚步，到头来发现不过是一场空，就像那被煮进汤里的乌鸦一样。

青蛙和黄牛

青蛙非常嫉妒草地上的一头老黄牛。它想跟老黄牛比一比高矮胖瘦，就憋着一口气，挺肚鼓腮。

“你快看，蛤蟆，我和它是不是一样高大?”

蛤蟆回答说：“怎么可能！你们还差得远呢!”

“看！我的肚皮可是又圆又胀的，怎么样呢？是不是更胖了?”

“好像……似乎没什么不同啊。”

“喏，现在呢?”

“还是不一样啊。”

青蛙不断地吸气，再吸气……最终“噗”的一声，胀破了自己的肚皮——一命呜呼了。它再也不用和黄牛比较了。

世上类似的事不少，俗人想做扬名立万的公民，庸人妄想拥有显赫的家世，这些都是再正常不过的事情。

挑剔的小姐

一位小姐到了做新娘的年纪，要挑选新郎了。本来，这是件非常正常的事。但是，这位小姐性格高傲又矫情。她希望自己的新郎年轻、聪明、帅气，最好还能拥有功勋和名望。这样完美的要求，有谁能胜任呢？当然除了这些，她还提出新郎不能嫉妒吃醋。

这位小姐很幸运。求婚的人像赶考一样，名门望族的子弟纷纷前来登门。这位小姐挑剔又细心。这些在别人眼中百里挑一的人，在她眼里都各有不足。

这些人怎么能当自己的新郎呢？这个没功勋，那个没官职，要么是没有财产的官员；这个眉毛太粗，那个鼻子太大，不管怎么看，小姐就是不满意。就这么挑来挑去地过了两年，又有媒人上门。这时来提亲的人家已经只是中等水平了。

傲慢的小姐说道：“愚蠢的男人！我怎么可能嫁给这样的人？简直

是白日做梦！那么多名门望族我都瞧不上，难道会嫁给这样愚蠢的人？难道我对嫁人那样急不可耐？其实，我的生活快乐得很！白天快乐，夜晚安稳，我是不会着急的。”这一批追求者慢慢就散了，再后来的提亲者也一如从前。

一年后，慢慢地，提亲的人消失了。傲慢的美人儿也步入中年。她开始思考自己的那些姐妹，有的出嫁，有的定亲，似乎只剩她还孤身一人。

慢慢地，苦闷走进了她的内心。你看，镜子不断提醒美丽的小姐，匆匆流逝的光阴正不断偷取她的姿色，让她容颜受损：双腮不再红润，眼神不再活泼，迷人的酒窝也已消失，往日的欢快与机敏丢失了，鬓角也不知道什么时候出现了几根白发，这些还真是让人烦闷！

想想从前，没有她的晚会多么无趣，身边围着多少爱慕者！但是现在，竟然只有打牌才会有人呼唤。曾经的傲慢小姐甚至改变了说话的风格和语气。一切变化都提醒着她，不能再这么等下去了！尽管她仍旧看不上那些男人，但内心深处却已经接受。

为了避免自己孤独终老，趁着自己还没有完全老去，等到有人来求婚，小姐便欣然接受。她最终嫁给了一个残疾人，却仍旧乐不可支。

帕尔纳斯山

在众神被赶出希腊、神的府邸还没被平分的时候，帕尔纳斯山迎来了它的新主人。新主人正在山坡上放驴。驴也不知道是从何处得来的消息，山上原来居住的是缪斯，便七嘴八舌地议论着：“我们被送到这座山上，一定是世人腻烦了缪斯，想让我们在这里唱歌！”

其中一只高喊着：“注意！注意！我们一定要争气！我来领头，大家跟着齐唱。亲爱的朋友们，不必心慌胆怯，大胆放声歌颂自己吧！奏乐响起，卖力地歌唱吧，一定要赛过那九位女神！为了我们团体的秩序，要首先立下一条规矩：任何声音不如驴子悦耳的，都禁止进入！”

这只驴子一通乱扯，竟然还赢得了大家的称赞。于是，这个合唱团的所有歌手，开始狂乱地争吵起来，如同一列转动着无数不加油车轮的车队。这样的场面如何让人忍受？主人厌烦地挥动鞭子，把这些驴都赶下了山，关进了圈里。

我并不想惹得人们怒气冲冲，只希望这古老的箴言能提醒你们：一个人如果头脑空空，职位绝对与他的聪明无关。

矢车菊

在荒野盛开着的矢车菊，忽然纷纷凋谢，半数的花朵已经枯黄，头颅低垂，贴着根茎，心情灰暗地等待着死亡的到来。

矢车菊向西风忧伤地诉说着：“唉！要是天气能够赶快晴朗，原野中再次布满阳光，我也许还有复活的机会，太阳的普照能让我重新开放。”

附近，一只甲虫在挖洞，它对矢车菊说道：“我的朋友啊，你可真是呆！太阳怎么可能会为你一人费心，照顾你，让你生长开放？相信我，它没有这个闲工夫，这个愿望当然也没有希望。假如，你能像我那样飞到各处，你会更加了解这个世界的万物生长都依靠太阳！温暖的阳光下，高大的橡树和雪松茁壮成长，花朵艳丽吐露芬芳。很可惜，你和那些美丽的花朵完全不一样。既没有它们的华美高贵，也没有芳香的气味，为什么还要纠缠着太阳呢？相信我，不要再白日做梦了，它不会管你，枯萎才是你的下场。”

然而，神奇的是，太阳升起来了！给大自然带来一派生机，阳光滋润着大地，那棵憔悴的矢车菊，也奇迹般地起死回生！

啊，受到命运呵护的人们，你们身居要职，地位显赫，太阳就是你们最好的榜样！你们看啊：只要有阳光的地方，无论是小草还是雪松，都享受着太阳带来的温暖。它如东方的宝石一般，散发的光芒纯洁而温暖，滋润着万物的心灵，也因而得到颂扬！

黄雀与刺猬

胆小的黄雀，喜欢独来独往，随心所欲！黎明时独自悄声哼唱歌曲，从来没有想过要得到谁的称赞。

忽然，海面上升起了太阳，光芒万丈，极其荣耀，辉煌无比！似乎正是太阳神带来了生机。万物在它的照耀下得以茁壮生长。

为了迎接这伟大的神明，夜莺从森林深处传来了醉人的合唱。黄雀却在这时沉默不语。

“朋友，你怎么了呢？怎么不继续歌唱呢？”刺猬的话里含着讽刺。

“我的声音太微弱，我不敢，也不认为自己的歌声可以赞颂伟大的太阳神。”黄雀含泪回答。

我也同样忧伤与惋惜，命运并没有给予我出色的才华，不然我也同样会颂扬伟大的沙皇亚历山大一世！

驴子

天神朱庇特创造了遍布世界各地的万物生灵，其中包括了驴子。

不知是天神有意，还是时间紧迫、过于忙碌，驴子被创造出来时的个头儿很小，像一只不起眼的松鼠。所有的动物都瞧不起它，傲慢的驴子也是谁都不服气。

驴子想炫耀，但是炫耀什么呢？身体小，怎么看都觉得耻辱。驴子选择去找朱庇特，哀求他能将自己变大一些。

“成全我吧，”它说，“这个样子我要怎么继续活下去？狮子、雪豹、大象，总是处处受到赞扬，为什么偏偏对我这么残忍？没有声望，也没有夸奖！如果我能像牛犊一样，我一定要盖过狮子和雪豹的狂妄，让整个动物界都夸奖我！”

我们可爱的驴子，天天缠着朱庇特。众神之王因此厌恶至极，无奈之下决定满足驴子的要求，给了它希望的体格，并附赠它粗野的嗓音。

终于，这位长耳朵的大力士震撼了整个大森林。

“这是什么野兽？从哪来的？一定是牙尖嘴利，犄角很多的家伙。”野兽们议论纷纷，不断地流传着相关的消息。

结果呢？不到一年，大家就知道了它到底是什么——一只会驮着水囊运水的家伙。它的愚蠢甚至变成了谚语。

门第与官职的显赫值得庆幸，但如果内心狭小、猥琐，这些又有什么用呢？

两只鸽子

从前有两只亲如兄弟的鸽子，它们吃住都在一起，如影随形，谁也离不开谁。它们共同分享欢乐与悲伤，察觉不到时间的流逝。

生活中有忧愁，但从不会孤单。是啊，没有人会选择离开亲人，毫无缘由地飞向远方。

想不到的是，其中一只想要在天地间遨游，亲自去享受万物的神奇，验证传闻的真伪。

另一只鸽子眼含泪水，难过地问道：

“你要去哪里呢？周游世界就有那么大的吸引力？你难道就忍心与我分离，还有没有良心呢？就算我对于你并没有那么重要，那些猛禽、罗网呢？你就一点儿不怕吗？前方的路布满凶险，至少等到春天再启程，到那时我也不会再多说什么。现在的天气，寻找食物都难。外面的乌鸦还在叫着，你知道的，这预示着灾难！

“留下来吧，朋友！我们在一起多么开心！如果没有你，我会多么孤单。罗网、鹞鹰、闪电、雷鸣会出现在我的梦里，我会因为天空出现的乌云而为你担心。我会想，我的好兄弟在哪里呢？它身体怎么样？能不能吃饱？风雨不断的日子又是怎么度过的呢？”

这一席话，让另一只鸽子动容，它既舍不得兄弟一般的好友，又不愿放弃远行，这些都影响了它的判断。“别哭，兄弟！”它安慰道，“我最多离开你三天，我会边飞边看，领略了世间的奇闻景观之后，一定会回到你的身边。我想，到那时，我们会有更加丰富的话题。我会把自己亲身经历的一切都讲给你，每个时间每个地点，沿途经历，各地风俗，或者什么地方的奇异发现。你一边听一边想象，就好像和我一起环游世界了一样。”

说了这么多，但再多的劝慰都是徒劳。它们分道扬镳，亲吻告别。我们的旅行家飞呀飞，突然遇到了暴雨、霹雳，放目远望，是一片海洋似的草原，这要躲去哪里呢？幸好有一棵干枯的橡树，可以暂时作为栖身之地。

可是枯树不遮风不挡雨，它浑身湿透，颤抖不已。好不容易等到天气放晴，可怜的小鸽子又任性地飞向远方。

森林附近起伏着麦浪，鸽子飞进麦田，却不料陷入罗网！它拼命挣扎，最终拖着受伤的爪子和翅膀逃了出来。但没想到，更大的灾难降临了。凶猛的鹞鹰紧追不放，鸽子两眼发黑，用尽力气躲避。眼看就要落入鹞鹰的手中，铁爪已经逼近，宽阔的翅膀带来阵阵冷风。在这紧要关头，一只金雕飞来，扑打着鹞鹰——猛禽成了另一只猛禽的午餐。这时的小鸽子，像石头一样，飞速地降落，躲进了篱笆下边。然而祸事并没有结束，顽皮的孩子用石子儿瞄准了鸽子。他并不理解什么是可怜，只是开心自己打到了这只倒霉蛋。

一度心系远游的鸽子，带着满身的伤挣扎地回了家园，幸运的是，还有友情在等着它。在友情中，充满了体贴、安慰与喜悦，这使得小鸽子很快就忘记了之前的痛苦与不幸。

那些一心希望远行的人们啊，你们不妨体会一下这篇故事！匆匆忙忙启程远行，那些奇幻的想象，远远比不上身边的亲人、朋友和家园。

金币

教养真的有用吗？不言而喻。

我们平常总会认为，教养就是追求奢华，甚至陷于淫靡之风不能自拔。我们需要学会仔细分别，脱去粗俗的外衣，不伤害人们善良的本性，不损害人们的气质，不伤及人们的心灵，不让人们失去淳朴的本真，不让人们徒有其表。这条真理是神圣的，足以比得上一部巨著。但大家并不喜欢说教，我就在这里给你们讲一则轻松的寓言。

农夫在田里发现了一枚金币，金币锈迹斑斑。有人愿意出三捧铜钱来交换。但是头脑简单的农夫却在心里盘算着，想个办法让他们愿意多出一倍价钱。农夫找来了沙子、白垩和半块砖头，他说干就干，使出浑身力气，尽最大的力气打磨它。最后金币擦得发光发热，光彩熠熠，但金币却减轻分量，失去了原来的价值。这个结果，是农夫没有预料到的。

不信神的人们

在远古时代，有一个残忍的部落。他们与其他部落不和，而且敢舞刀弄棒地与天神对抗。数不清的旗帜开道，暴乱的人群带着弓箭和投石器械，喊声震天地奔向原野。

头领为了能够煽动民众情绪，胆大妄为地喊道："上天严厉不公，天神也是只会睡觉的昏君，现在就是惩罚他们的时候!"他还吹嘘自己的人能够从山顶将石头抛到天上，将利箭射向奥林匹斯山。

天上众神见暴徒如此猖狂，一起向宙斯建议，利用山洪暴发、雷劈，或用石头雨来惩罚暴徒，平息骚乱。宙斯却说："再等一等，如果他们继续作乱，定会得到应有的惩罚。"

就在这时，暴徒们开始向空中抛掷石头，弯弓射箭。但石头和箭镞无一不从空中又落回地面，暴徒全都死在了自己手中。人啊人，要认清事实，不信神明，必定会自食恶果！暴徒亵渎神明，蛊惑大家反抗众神，箭镞反而瞄准自己，他们的毁灭时刻已经到来！

聪明的狮子

在很久以前，狮子和雪豹，它们为了争夺森林、洞穴、地盘，进行了一场旷日持久的战争。

对于它们这样的强者来说，一味蛮干比据理力争更加痛快。野兽有自己的规矩，打赢了就能获得一切。但是打架也有疲惫的时候，爪子也磨钝了。它们决定休战，签订和平协议，暂时将争端搁置一边。

雪豹向狮子提议说：“关于我们的秘书，我们应该尽快选定合适的人选。它们会有自己的判断，合约的内容就可以让它们决定。我准备选一位心地善良的，猫就是我的不二人选。我看你的秘书选驴子就不错，它是你手下最有才干的要员！它的一只蹄子，就比得上你的宫廷和元老院！我们就这么决定吧，派猫和驴子作为我们的代表。”狮子赞同地点点头，什么也没有说。

但是，最后的谈判，它却选择了狐狸参加。经历过大风大浪的狮子暗自说道：“接受敌人的称赞，你以为我是个笨蛋啊！”

官员与哲人

在一个节日中，官员和哲人一起叙旧闲聊。官员说：“世俗人心对于你来说，就像熟识的典籍一样了解。但是我们无论选拔或者举荐官员，只要你有一丝的马虎大意，就会有一批粗俗透顶的家伙钻了空子，这是为什么呢？难道就不能杜绝这个现象吗？”

哲人回答说：“无计可施。我们两人讲话就不需要兜圈子——上流社会的关系就像座木头房子。”

“这又是什么意思呢？”

“就比如盖了一座新房，我这个主人还没有搬进去，蟋蟀却已经居住多时了。”

利息

几个老实且勤劳的商人共同拥有一座楼房和一家货栈，经过多年勤勤恳恳地努力，他们赚了很多钱，可是钱赚得越多，他们对彼此的猜疑却越来越重。这天营业结束后，这几个商人为均分利钱吵了起来。

就在商人们争吵不休时，有人惊呼：“楼房着火了，快跑啊！”

一个商人立马喊道：“快抢救货物！快抢救货栈！以后再算钱！”

另一个商人不依不饶道：“不！在你们给我一千元钱之前，我绝不离开这里！”

第三个商人也大吼道：“你们还欠我整整两千元钱，看，账目上写得明明白白！”

“不行，为什么给你？你没有那个资格！”另一个商人嘶吼道。

沉浸在争吵中的商人忘记了楼房起火这件事，滚滚浓烟不仅吞没了他们的货栈和财产，还将他们包围在灼人的火舌中……

有些事情远远比经商营利重要，如果一起合作的伙伴身居困境时只为自己牟私利，彼此钩心斗角而不能同舟共济，那么等待他们的将是同归于尽。

小溪

一个牧羊人在河边唱着忧伤的歌曲，哀悼着他心爱的不幸掉入河中的羔羊。小溪听了牧羊人的哭诉，生气地埋怨道：“大河啊大河，你真是贪婪的家伙！如果你像我一样，河水清澈见底，即便有什么掉入水中，也不会被水草遮挡。你真应该找个地缝钻进去，或者你应该躲进幽深的山谷中！假如有一天我也能幸运地拥有丰沛的水源，我一定要去造福大自然，绝不伤害任何生物！我将小心地、平稳地流动，流过低矮的灌木丛，流过可怜的牧羊人家门口；河岸、峡谷和牧场将会因为我而重新焕发生机，但是我不会带走一片树叶。我绝不会带来痛苦和灾难，我的溪水将会始终像银子一样纯洁地流入大海！”

不到一个星期之后，山中乌云密布，下起了瓢泼大雨。溪水的流量暴涨，甚至超过了大河，曾经温柔的小溪像变了个样，它翻涌起滚滚泡沫，喧嚣着，奔涌着冲垮了牧民的堤坝，冲断了百年粗壮的橡树，卷走了牧羊人的羊群，就连他的茅草屋也没能幸免。

许多小溪温和平稳，水流潺潺，惹人喜爱，那是因为它的水还太浅。

夜莺的歌声

一只夜莺恰好落在了驴子身边，驴子开口道："喂，亲爱的朋友，都说你唱歌特别好听，是著名的歌手，我倒想亲耳听一听，然后判断下你的技艺是否真的一流！"

夜莺当即开始献唱，清脆地起调，继而是婉转悠扬地啼叫，音腔绵长悠远，音色变幻巧妙。时而像在喃喃地倾诉，好似芦笛之音；时而像串串银铃，森林里好像到处都洋溢着欢快的节奏。这时候，世间万物好像都沉浸在夜莺美妙的歌声中：鸟儿不再喧闹，清风不再吹拂，牛羊静静卧着，牧羊人屏息聆听。

一曲结束，夜莺向听众们点头致意。这时驴子点点头说："你唱得不错，传说还算可信，可是有一点很可惜，你不认识公鸡，要是你能和它学上一招半式，那么你的唱歌技巧将更上一层楼！"可怜的夜莺听见这样的评论，拍拍翅膀飞走了。

啊！上帝！但愿我们不会再听到驴子的言论！

金钱与美梦

豪宅里住着一个包税商，他吃山珍海味，品美酒佳肴，夜夜笙歌。他家的宝贝数不胜数，他家的财富车载斗量，他过着天堂一般的生活，可是他有一个烦恼——夜里总是睡不着觉。也许是怕神明的裁决，也许是怕失去他的财富。因此他从没拥有过一个安稳香甜的睡眠。有时候黎明刚刚入眠，就会遇到新的麻烦。上帝安排他有一个爱唱歌的邻居，从早上一睁眼唱到中午，又从中午唱到夜晚，就是不让这个有钱的富商睡一个安稳觉。

这个邻居是一个穷鞋匠，鞋匠和富人的窗户对窗户，鞋匠天生乐观，最大的爱好是唱歌。怎样使鞋匠放弃唱歌呢？强迫他住口——他没有这么大的权力；上门去请求——鞋匠未必会同意。冥思苦想很久后，富商派人请来了邻居。邻居应邀而来，富商说道：“亲爱的朋友，你好！”鞋匠说道：“谢谢您的邀请。”“近来生意可好啊？克里姆老弟。”（有求于人时，人们总会知道对方的姓名）“生意嘛，还过得去，老爷。”“因此你总是这么开心，这么喜爱唱歌吗？”“这有什么奇怪的，我很感激上帝，我有善良年轻的妻子，所以我的日子过得很惬意。”“不缺钱吗？”富人疑惑地问道。“刚刚够用，没有多余的钱。可是也没有多余的麻烦。”“那么，老弟，你想更富裕吗？”“老爷，我的话没有别的意思，在我看来，人只要活着，就想过得更好，您有那么多的财富还嫌少，其实我也想做个有钱人哩！”

“老弟啊。你说得有理，我们有钱人也有无穷无尽的困扰和麻烦，虽然贫穷不是罪过，可是苦熬毕竟不是长久之计，这里有一袋钱，就赠送给你吧，作为你勤劳诚恳的奖赏。上帝做证，我是希望能够帮到你，不要挥霍这些钱，就留着以备不时之需吧！”鞋匠小心翼翼地接过这整整五百卢布，连忙揣进怀里，飞奔回家。当天夜里，他把这些钱埋在土里，从那以后，他夜里再没睡过一个安稳觉，夜晚一只猫的动静他也会觉得是贼来偷他的钱了，他紧张地竖起耳朵听，紧张地浑身发抖冒汗，他痛苦、烦恼，简直想去跳河。从他埋葬钱袋的那天起，他就失去了他的歌声，失去了他的好梦。他冥思苦想了很久，终于明白这都是钱带来的烦恼。

他挖出钱袋，向富商家奔去，“谢谢您的一番好意。”他坚定地说道，“这袋钱弄得我失魂落魄，把我的生活弄得一团糟，就算您给我一百万我也不要了，我只要我的美梦，我的歌声！”

被窃的农夫

一个秋天的夜晚，盗贼趁着夜色钻进了农夫的庭院。俗语道：“窃贼有什么良心可言！”他撬开了储藏室，到处乱翻，将能偷的东西都偷走了。倒霉的农夫，睡觉前还算家庭富裕，睡醒后却变成了穷光蛋，甚至沦落到沿街乞讨，上帝保佑，谁都别遭遇这样的劫难！

农夫伤心又痛苦，他召集起了所有的亲戚、近邻，他恳切地问道：“你们谁能协助我摆脱困境？”大家七嘴八舌、议论不休。教父说：“哎，你以前不应该到处吹嘘，说自己有多么富裕！”远方亲戚说：“老弟啊，修建储藏室可是一门学问，距离卧室一定要近一点啊！这样有什么动静你就可以第一时间听见了！”“哎呀，你们都没说到点子上。”邻居开口道，“关键不在于储藏室的远近，而在于有没有凶恶的狗护院，我这里有一窝刚出生的小狗你随便挑一只，千万不要和我客气！将狗崽子送给邻居这算不上什么福祉，省得我还要将它们扔到水里。”大家你一言我一语地给农夫出了无数主意，可是没有一个人愿意给农夫实质性的帮助。

世上大多数的事都是如此，当你陷入困境求助于亲戚朋友时，他们会出主意表示同情，可一提到物质上实际的帮助，就连最亲近的人，也会变得又聋又哑。

苍蝇

七月里炎热的一天中午，一辆敞篷马车套着四匹马在崎岖陡峭的山路上艰难地行走着。马匹已经十分疲惫，车夫手忙脚乱，和仆人一起挥动马鞭，可是马匹就是停滞不前。无奈之下，老爷、太太、小姐、少爷和他们的家庭教师不得不下车，一辆小小的马车竟然承载了这么多人！马匹终于肯再次前进，但是上山的路艰难又缓慢，这时飞来一只苍蝇，拼命地嗡嗡叫，它想露一手，做一个解救大家的英雄！

苍蝇没有方向地围着篷车环绕，一会盘旋在马匹中间，一会儿叮一口马儿的脑门，一会儿和车夫并坐一排，甚至还撇下马匹，在人群中盘旋，像是商人在市场上来回奔走，唯独一件事让他不满，没有一个人愿意帮助他。几个仆人聚在一起闲聊，家庭教师陪着太太小声交谈，老爷也忘记了这件事他应该想出解决办法，竟然还带着女仆去树林里采蘑菇。只有那只苍蝇围绕着大家嗡嗡不停，似乎只有它在为大家忙前忙后。马儿们筋疲力尽，终于将篷车拉上了平坦的大道。苍蝇长吁一口气说："谢天谢地，终于完成了一件大事，请各位上车坐好，希望你们旅途愉快。我的翅膀现在累坏了，我要去找个地方好好休息下！"

世界上类似苍蝇的人有好多，他们喜欢随时随地露上一手，他们爱忙乱，爱张罗，却不管别人是否真的需要。

善良的母鹿

一次意外，哺乳期的母鹿失去了幼子，它忧伤地走在森林中，正好碰到了两只小狼崽，母鹿的乳房被乳汁胀得生疼，于是它让狼崽吃它的奶，展现出了高贵神圣的母爱。

森林中还住着一个托钵僧，他看到了这一幕很吃惊，他惊愕地对母鹿说：“你好糊涂啊，你为什么要为它们浪费奶水？难道你不知道狼的凶残？没准它们会让你倒在血泊中。”

母鹿回答道：“也许会有那么一天，可是我不那么想，现在我只认为我是一个母亲，而它们是需要哺育的幼崽，如果我不喂它们，我的奶水也是白白浪费。”

行善不期盼有任何回报，这才是真正的无私高尚。善良的人们不在乎钱财，总是和亲近的人分享他们的所有。

狼和狐狸

狡猾的狐狸逮到了一只鸡，饱餐一顿之后，它将剩余的上等鸡肉储藏起来，然后卧在草垛下边打起盹儿。忽然一只饿狼蹒跚走来，狼说：“朋友啊，我真可怜，我跑遍了周围，连一块骨头都没有找到，现在我头晕眼花，饿得肚子咕咕叫。猎犬太凶恶，猎人还没入睡，看来我只有死路一条了！”

“真的吗?”狐狸问。

“真的，我不曾开过玩笑!”

“可怜的朋友，你要不要干草，我有一垛草，可以让你美美地睡一觉，我愿意为你效劳。”

狼需要的可不是草垛子，它需要的是弄点肉充饥，可是狐狸绝口不提鸡肉的事，甚至连鸡毛都不曾透露。这只倒霉的饿狼，脑海中回想着朋友甜蜜的声音，不得不空着肚子回家睡觉。

自己不要的东西，我们应该慷慨地给予需要的人。狐狸半遮半掩的谎言，让人接受起来更加容易。

流淌的河流

一天，池塘对身边流淌的河流说：“我不论什么时候向你张望，你总是不停地流动着。好姐姐，难道你不觉得累吗?你天天载负着沉重的轮船、成串的木排，更有数不清的独木舟和小船，什么时候你才能抛弃这样的生活?要是我，早就厌烦了，和你相比，我的命好多了。虽然我并不显赫，地图上不能占据多大的地方，也没有诗人的赞美，可是，那些名声都是虚的，我才不在乎!看我的周围布满了柔软的细泥，我就像躺在柔软羽绒床上的小姐，我的日子温馨安逸，从来不受轮船和木筏的叨扰。甚至没有船只在我的岸边停留。更多时候，是微风吹来的落叶，哪里去找我这么安逸的生活?风从四面吹来，我就这样一动不动透过梦幻般的世界，观察着这个忙碌喧闹又充满了哲理的世界。”

河流姐姐不慌不忙地回答道：“既然你提到了哲理，那么你可知道规律?水只有在不断流动中才能保持鲜活，正因为我抛弃了安逸的享受，遵循了这一规律，我才日复一日水量充沛，水质纯洁，成为了一条浩浩荡荡值得人们称赞的大河。我还会流淌好几个世纪，而你，不久的将来就会被人们忘却！”

大河年年岁岁地流淌，而池塘逐年淤积，长满了水草和水藻，最终消失。对社会和人类没有用处的才华，终会枯萎和凋零，一个人一旦习惯于懒惰，就很难再重新振奋起来！

机械师

一个年轻的机械师买了一座大房子，房子虽然很老，但是却盖得很结实，设施齐全。但只有一点令他不满意——房子距离水源远。年轻的机械师想：“没关系，既然这个房子属于我了，那么我就有改造它的权利，我要通过我的技术把房子移到河边。首先把这个房子的基底掏空，在下面安装几个轮子，然后再安装上滑板，这样我想把它移到哪儿就移到哪儿，这一定是前无古人的壮举！哦，对了，我的房子移动时一定要有音乐的伴奏，我要和我的朋友们在四轮马车一样的房子里饮酒狂欢！”

这个年轻的机械师深深陶醉在他的想法中，他立马付出实践，雇用了很多工人，他觉得花费多少金钱和精力都不可惜。但那座房子无论怎样都拉不动，最后，一声巨响后，房子散架了，成为了一片废墟。

很多人的一些想法，比这个机械师的更愚昧、更危险。

真花和假花

一个富丽堂皇的房间，在敞开的窗台上，几只插在五彩斑斓瓷花瓶中的假花和真花摆在一起，假花向真花炫耀自己的美丽，它们摇曳生姿，神态骄傲。忽然，空中下起了小雨，假花急忙向神灵祷告道：“伟大的宇宙之神，请停止降雨吧！雨水有什么用啊？它们是世上最讨厌的东西。下雨之后，道路难行，到处都是水洼，到处都是泥泞！”可是伟大的宇宙之神哪里听得到假花的祷告，他继续让小雨洒落大地，驱散了暑气，带来了凉爽，整个世界都充满了绿色，仿佛大自然都重新恢复了生机。这时候窗台上的那些真花，朵朵鲜艳欲滴，朵朵光彩照人，经过雨水的冲洗，变得更加俏丽娇艳。而那些假花被雨水打击后，失去了以往的光彩，好像一团团没有人理睬的垃圾，被抛在庭院中没人搭理。

一个人若是真有才华，必定能公正地看待荣耀和侮辱，唯有像假花那样的人，才惧怕雨水的考验。

农夫与蛇

一条蛇希望住进农夫的家里，它恳切地对农夫说：“俗语说得好：‘通过自己的努力挣来的面包更美味。’我不会白白住在你家里的，我可以当你孩子的保姆！虽然我们蛇的名声并不好，说我们生性残忍，不知恩图报，甚至有人说我们残杀自己的孩子。也有人说我们陷害朋友，六亲不认。也许这种说法并没有错，可是请你相信我，我绝不是那样的蛇。从小时候到现在，我没咬过任何一个人，对于那些残忍的事情，我十分痛恨。如果蛇拔掉蛇芯子也能生存，我宁愿拔掉我这根毒芯，总而言之，我是一条善良的蛇，请你相信我，我会照顾好你的孩子！”

农夫听了蛇的话之后，哈哈大笑道：“即使你说的都是真话，我也不能让你住进我的家，即使是一条善良的好蛇也会引来无数条毒蛇，那样我会失去我所有的孩子，因此，善良的蛇，我和你绝对不能住在一起，照我看来，你和任何人都不能住到一起！”

亲爱的朋友，你可明白这些话蕴含的道理？

农夫和强盗

农夫在集市上买了奶牛、奶桶，沿着树林默默地走在回家的路上。突然出现了一个强盗，将可怜的农夫洗劫一空。

农夫失声痛哭道：“强盗啊，强盗啊，你这是要了我的命啊，为了买这头奶牛，我可是整整筹划了一年，为了这一天我苦苦等待，苦熬了无数个夜晚！”

强盗听了之后，也为农夫的境遇感到难过，他说：“行啦，你也不要和我哭穷，我要这头奶牛也不是为了让它产奶，算了，我把奶桶还给你吧！”

狮子分配猎物

狼、狮子、狐狸和狗在一次很巧合的机会下，竟然成为了邻居。它们彼此协商，竟然定下了这样一份约定：捕捉野兽相互配合，平均瓜分捕获的猎物。

一天，狐狸逮到了一只麋鹿，它派信使去向伙伴们传递消息，请它们一同分享这难得的猎物。大家都如约前来，分割猎物由狮子操刀，他揉了揉自己锐利的爪子，将麋鹿撕成了四份，分得干脆痛快。它环顾着周围的伙伴，说道："注意啦各位兄弟，现在开始分配猎物，按照协议规定，我拿第一份；身为狮王，我拿第二份无可争议；第三份归我，我最有力气；你们谁敢把爪子伸向第四份，就休想活着离开这里!"

善良的狐狸

一个猎人射死了一只知更鸟，只剩下它三只嗷嗷待哺的雏鸟儿。小鸟刚刚出壳，饥寒交迫，无人照料。它们叽叽喳喳地呼唤妈妈，一声声的悲鸣听起来是那样哀伤。狐狸蹲在鸟巢下，听着幼雏的叫声，开口对树林中的众鸟说："你们看着这些可怜的小鸟难道不心疼、不同情吗?各位好心的鸟儿啊，不要抛下这些可怜的小鸟儿，哪怕给它们一粒粮食，哪怕给它们的巢穴中添加一根草，你们这样做是珍爱生命的表现，比做慈善事业更加高尚，杜鹃鸟，你这在换毛，把你的羽毛分儿根给这些可怜的小鸟儿铺床褥子可好？还有你啊，高贵的百灵鸟，你腾出做游戏的时间，去草地，去田垄给这些小鸟儿找些昆虫可好？斑鸠啊斑鸠，你的孩子都已经长大不再需要你的照顾，自有上帝会照顾它们，你给这些小知更鸟当妈妈可好？燕子啊，你去捉些蚊子，让这些孤儿饱餐一顿可好？还有夜莺啊，你的歌声最动听，何不为它们唱支儿歌，让它们伴着清风美美地睡一觉？你们都听我说，我们要展现出我们森林善良的心灵……”

狐狸的话还没有说完，这三只幼鸟已经饿得浑身无力，从巢穴中掉出来了，正好掉在了狐狸的身边。狐狸会怎么做呢？它立马毫不犹豫地吃了这三只雏鸟。它的慈善之心，估计早已抛到了九霄云外。

朋友们啊，你不必惊奇，人是否具有善良的心灵，不在于他的言辞。善良的人默默行善，不会把善良成天挂在嘴边夸夸其谈，像狐狸那样的人不过是借助他人的力量展现自己的慷慨，而他自身根本没有付出。

狮子和猫

一天，小耗子告诉大老鼠一个好消息：“邻居啊邻居，告诉你一个喜讯，听说狮子把猫抓走了，这一来，我们可以松口气了！”

谁知大老鼠说道：“亲爱的，不要过于得意，这种消息可没有根据，如果狮子真的和猫动手，那它一定会一败涂地，它根本不是猫的对手。猫的凶猛厉害堪称举世无双！”

这样的事例数不胜数，弱者所害怕的东西，便会觉得那是世上最可怕的东西，他们以为全世界都会和他们一样害怕。

学问的利弊

古代有一个国王，他遇到了一个难题无法解决：有学问的人对国家的发展是否有利？学问会不会使人心涣散，让人变得怯懦失去勇气？把所有的学者都驱逐出境，这样的决断是否明智？这个国王还不昏庸，他重视臣民的利益，所以他不想匆匆做出过于偏激任性的决定。因此他决定召开一个会议，参加会议的人可以畅所欲言，但是需要有凭有据，确切地表明出自己的观点，是否同意让学者留在国内。

这个会议持续了很久，有的人实事求是阐明了自己的立场，有的人照本宣科，众说纷纭，全国上下陷入了一片混乱，弄得国王头昏脑涨犹豫不决。有人说：“没有学问就代表着愚昧落后，智慧是上帝的恩赐，是为了让我们领悟天的旨意，智慧是我们同动物的最本质区别，依照上帝的想法，智慧是指引我们走向幸福的航灯。”另一些人强调道：“学问使人们走向堕落，因为所有的学问都是痴人说梦，正是学问损害了道德的旨意，也正是由于教育的危害，古代最强大的王国才走向了毁灭。”

总而言之，辩论双方争论不休，其中有真理也有谬论，写出的书面总结堆得像山一样高，可是最终谁也没有给国王一个满意的答案。

国王采取了进一步措施，他召集了全国有才华的人，让他们继续评说学问的利弊，然而这个办法也不见效。国王给予他们高额的报酬，无休止地争论反而成为了他们的财富来源，他们更加乐意不停地争辩了，他们巴不得一直对这个纠缠不休直到今天。但是国王可不能拿着国库的钱肆意挥霍，一发现这个弊端，他就立马将会议解散。但是这个问题仍然萦绕在他的心头。

有一天，国王离开王宫，漫步到荒野，他遇见一个长满白胡子，手里捧着一本厚厚书的隐居道士。隐士目光庄严却不失坚定，嘴角上挂着和蔼善良的微笑，前额印刻着时光的痕迹。国王通过和隐士攀谈，发现他是一个很有思想的人，于是他请这位智者为他答疑解惑，学问到底是利大于弊还是弊大于利？

智者沉思了一会儿，给国王讲了一个故事："很多年以前，在印度的大海边，住着一个渔夫，他有三个儿子，他死后，三个儿子不甘心过着像父亲一样贫困而又痛苦的一生，所以他们决定不像父亲那样撒网打鱼，他们决定向大海索要恩赐，不是鱼，而是珍珠。他们都擅长游泳，并且会潜水，但是他们三个人却有不同的归宿。老大最懒惰，他不愿意弄湿双脚，于是他天天期盼大海的波浪能将珍珠送到他的面前，由于他的懒惰，他过得十分艰难；老二一点也不怕辛苦，他经过仔细地努力和对自身实力的评估，选择适当的深度进行潜水，他收获了大量的珍珠，日子过得十分富裕；另一个兄弟对于珍宝特别贪婪，他不满足于浅滩的珍珠，他渴望的是深海里的奇珍异宝，可是那需要冒着极大的危险，这个鬼迷心窍的孩子独自驾船驶向辽阔的大海，最终被深海汹涌的波涛所吞噬，为他的鲁莽付出了代价。国王啊，虽然学问是高尚品德的奠基，可是却是野心家们自取灭亡的深渊。这和潜水采珠有一点不同，狂妄的采珠者是自己找死，而野心家会依据'智慧'的理论吸引众多追随者，随着他们一起毁灭。"

主人与女仆

从前有一个古怪难伺候的老太婆，她十分爱唠叨，家教十分严格。她有两个年轻的女仆，老太婆每天给她们布置很多的工作，从早忙到晚。两个姑娘的境遇十分可怜，老太婆总是唠叨不休，白天女仆没有喘息的时间，往往是天不亮，别人还在酣睡，她们就已经开始纺线了。有时候老太婆起晚了，她们还能多睡一会，可是老太婆养了一只惹人讨厌的公鸡，每天总是按时打鸣。鸡一打鸣，老太太就穿戴整齐，一边唠叨一边叫嚷，来到女仆的卧房将她们叫醒，如果叫不醒，就用棍子敲。可怜的姑娘怎么能和主人反抗？只能一边皱眉头一边打哈欠地离开温暖的被窝。尽管心里不情愿，可是周而复始的日子，重复了一天又一天。老太婆又叫醒女仆，催促着她们纺线，女仆们心里恨死了那只公鸡，“若不是那个该死的东西，我们可以多睡会儿的！它真应该去地府报到！”

两个姑娘忍无可忍，挑了一个恰当的机会，毫不留情地拧断了公鸡的脖子。可是自从没有了公鸡打鸣，她们的女主人总是怕误了时间，往往女仆们刚刚躺下就被老太婆叫去干活，每一次都比过去的时间还早，这时候，女仆后悔极了，她们是刚逃离了虎口又掉进了狼窝。

很多人都有相似的经历，他们对眼下的生活不满意，一心想摆脱，可是刚丢掉了旧麻烦，就陷入了新困境。

贡献

一块石头躺在庄稼地里，它阴阳怪气地对雨水说：“你真是愚蠢极了，呼啦啦的声音惹人讨厌！人们见到你之后竟然还那么高兴，把你像贵宾一样迎接，你充其量不过下两三个小时，能为人们做什么有益的事情呢？人们一点儿都不了解我。我在这片土地上躺了几百年，一直谦卑而安静，不管被抛弃在哪里，总是一声不吭，从不抱怨，可是从来没有人对我表示感谢，怪不得总是有人诅咒和抱怨这个世界的不公平！”

“住口！”一只不知道从哪里钻出来的小虫，怒声对石头说，“雨水下的时间虽然很短，可是却能滋润田野，解除旱情，重新点燃农民伯伯的希望，可是你呢？和累赘似的放在田垄中，并没有为人类贡献什么力量！”

有的人大言不惭地夸耀他自己已经在任长达四十余年，可事实上他根本没有为人们做出丝毫贡献。

骑士与马

古代有一位骑士，他向往着冒险，他跟法师格斗，和精灵比拼，甚至准备去战场上厮杀。这天骑士披上铠甲，牵出战马，在跨上战马之前，他认为有责任将自己的野心告知战马。他说：“忠诚的朋友，你听我说，你要驮着我穿过原野，翻越高山，骑士的法则会指引我们。你要疾速狂奔，为我开辟一条道路，直抵荣誉的殿堂。当我平定野蛮的人类，娶到了中国的公主，征服两三个昏庸的君主，到那时，我绝对不会忘记你的功劳。我将和你分享全部荣耀，为你建造全天下最豪华的马厩，夏天牵着你去牧场随意吃草，到时候我们会有数不清的草料，你可以品尝燕麦的味道，顺便还能尝尝甜酒的滋味。”

骑士说罢，跳上马鞍，可是马儿哪儿也不去，只顾着向马厩跑去。

影子

从前，有一个怪人，他想抓住自己的影子，他敏捷地向影子扑去，可是影子比他更迅速，早就向前跳了一步，他加速前进，可是影子走得更快，最后这个人飞奔起来，可是影子永远比他要快一步。影子就像是一个无形的怪物，怎么都抓不住。怪人突然转身往回走，扭头一看，影子就在他的身后。

各位朋友，你们一定多心以为这说的是你们，可是这和你们并不相干，戏弄我们的是命运女神。有的人极力追求幸福，尽管浪费了时间，耗费了艰辛，可是却徒劳无功；而有的人并没有做什么，可是命运女神却偏偏赐予他好运。

农夫的板斧

盖木房子的农夫到处向人们抱怨他的板斧钝了，可明明是他自己没有掌握使用斧子的要领，却成天数落斧子的坏处。他说："没用的东西，从今往后，你只配劈木桩子，凭着我充足的体力和高超的技巧，凭着我任劳任怨的吃苦耐性，没有你，我一样可以工作，我发誓，我即使用一把普通的刀子也能建造一座木屋。"

听完主人恶狠狠的教训，板斧温和地回答道："我的工作职责就是砍树劈木，既然你已经决定用刀建造房子，那么一切就遵照你的心意吧，不过既然你是我的主人，我仍然会全心全意为你考虑，省得你日后吃苦受罪。仅凭着你用钝了斧子的技巧，建造一座房子简直是天方夜谭，更何况，用刀子也造不出木屋。"

强者与弱者

狮子捕杀了一只小羊作为早餐，就在它津津有味地享用时，一只小狗崽围绕着狮王的餐桌徘徊，它悄悄地从狮王的利爪下撕了一片肉，狮王斜睨了一眼并没有作声，小狗崽嘛，毛都没长全呢，何必跟它一般见识呢？

一只狼在旁边目睹了这一幕，他想："狮子性情如此温和，想必已经是外强中干了。"于是它也效仿小狗崽，将爪子伸向了羔羊肉……它死也不会想到，最终它会变成狮王餐桌的一道菜。狮子一边将狼撕碎一边说："朋友，为什么效仿小狗崽呢？你简直是瞎了眼，我对你怎么可能会有同样的恩典？小狗崽是弱者，难道你也是吗？"

忠诚的朋友

一条狗、一只猫、一个人、一只鹰，他们彼此宣誓结盟，约定成为真挚且忠诚的朋友。他们同住在一间屋子，在一张餐桌上吃饭，他们承诺"有福同享，有难同当，必要时为彼此牺牲生命都可以"！

有一天，四个好朋友一起来到了深山中打猎，就在他们疲惫不堪躺在小溪边休息时，一只黑熊冷不丁地从丛林中窜出来，它张着血盆大口来势汹汹，眼看大难临头，猫敏捷地奔向树林。雄鹰拍拍翅膀飞向高空，眼看着熊就要向人扑去，就在千钧一发之际，忠实的狗猛然扑向大黑熊，不管熊怎样狠狠地反抗，不论熊怎样凶狠地咆哮，狗都紧紧地咬住熊不松口，直到咬到了熊的软肋，直到熊倒在血泊中。人呢？正当狗和熊进行殊死拼搏时，他早就趁机捡起猎枪，狼狈地逃到安全的地方。

建立在口头上的友情美好而纯洁，可是真正的朋友唯有在患难中才能结识。大多数的时候，如同忠诚的狗一样的朋友被抛弃陷害，而被救的人一旦脱离险境，根本不会理睬遇难的朋友，甚至还会对他恶语相向。

风湿病与蜘蛛

风湿病和蜘蛛都是冥王的子女，蜘蛛是哥哥，风湿病是妹妹，随着岁月的流逝，兄妹俩到了自己成家立业的年龄，尽管他们的父亲生性善良，可是由于孩子众多，无奈之下只能将他们打发到人间去自谋生路。冥王对他的孩子们说："孩子们，去吧，去占领人间的地盘吧，我对你们寄予了崇高的希望，你们可千万不要丢我的脸，任何时候都不要忘了我们的尊严，世人对你们将会又惧怕又厌烦。这里有两条路供你们选择，看，那边是简陋的茅屋，那边是豪华的宫殿，宫殿里明亮富贵，而茅屋狭窄贫苦。"蜘蛛哥哥说："我绝不去贫寒的茅草屋！"风湿病妹妹说："既然如此，就让哥哥去宫殿吧，反正我也不需要。农村离药店很远，否则那些大夫会从每一处豪宅里将我驱逐。"于是兄妹俩商量妥当后来到了人间。

蜘蛛把自己的落脚之处安置在一间豪华的房间，为了尽情地捕获食物，他把蜘蛛网悬挂在精美的窗帘上，每当黎明他刚刚织好网后，勤劳的佣人就会用扫帚将网一一清除。蜘蛛没办法，只好将网移到别的地方，可是又被佣人破坏了，可怜的蜘蛛东躲西藏，不管他在什么地方结网，佣人总会把它们一一扫掉，无奈下，蜘蛛只好离开了城市，他准备去乡下投奔妹妹。谁知风湿病妹妹境遇比他还凄惨。患上了风湿病的农夫照样去农田里干活，他们深知，得了风湿病的人可不能娇惯，只有不断地干活才能将风湿病祛除。经过商议后，兄妹俩决定交换地盘。

蜘蛛来到了贫穷的茅草屋，他不必时时再担心扫帚将自己的劳动成果轻易破坏，他将蜘蛛网挂满了墙角。风湿病妹妹来到城市后，她挑选了一处豪华的府邸，让一个白发老翁患上了风湿病，她一天到晚纠缠着白发老翁，成天躺在软软的床上不用到处挪动，日子过得舒坦极了。从那时起，兄妹俩不再见面了，一个让乡村的屋舍挂满了蜘蛛网，尽情捕杀自己的食物；一个让权贵富商通通患病，享受着衣食无忧的日子。总而言之，兄妹二人，各得其所。

狐狸和狮子

从前，有一只狐狸，它从没有见过狮子。第一次见狮子的时候，它吓得浑身发抖，差点吓死；过了一段时间再与狮子见面，它就变得没有上次那么心惊胆战；到了第三次见面时，狐狸一点也不怕狮子了，甚至尝试着和狮子攀谈。

我们往往对一些人或者事物感到害怕，是因为我们对他们缺乏观察与接触。

推卸责任

人类有一个通病，那就是出了差错时，总爱往别人身上推卸责任。常常听人们这样说："如果不是他的挑唆，我可不会这样做。"要是实在找不到推卸责任的人，就说是受到了鬼怪的诱惑，尽管谁都无法确定是否存在鬼怪。现在我就要给你们讲这样一个故事。

据说在东方某个国度里，有一个口头上虔诚信教，生活中却不检点的婆罗门教徒。这个婆罗门和其他的虔诚教徒不一样，他对严格的教规和严厉的长老怀恨在心。别的教徒都小心翼翼地遵守教规，唯有他在斋戒的日子里想偷偷开荤。他私藏了一个鸡蛋，等到夜深人静的时候，他点亮了烛火，开始烤鸡蛋。他一边贪婪地凑近火苗转动鸡蛋，一边暗自得意，嘲笑着严厉的长老："我的大胡子长老啊，我在这里吃鸡蛋，你绝对抓不到！"不料，长老突然打开房门走了进来。众目睽睽之下，婆罗门无法争辩，他仍不死心，含着眼泪对长老哭诉道："宽恕我吧，圣洁仁慈的长老，请您原谅我的罪孽，我不是故意要这样的，我一定是受到了魔鬼的诱惑！"他的话音刚落，就从壁炉后钻出了一只小鬼，他生气地吼道："总是诬告别人，你不觉得脸红吗？不过，我倒是第一次亲眼看见你这样的人，并且我还向你偷学了一招——怎样在蜡烛上烤鸡蛋！"

命运女神

当人类无法升官发财时，总会抱怨命运女神的不公正，稍一不顺心，就将她埋怨和咒骂，但是我们仔细想过之后，我们会明白错在自身，我们没有理由去责怪她。幸福漫无目的地在人世间徘徊，她并不仅仅流连在帝王和官宦家庭，她有时也会走进你的茅草屋，甚至会在你家驻足做客。因此，当她来到你身边的时候，你可不要把机遇错过。

小男孩的梳子

母亲买了一把密尺梳子送给她心爱的儿子，并用这把梳子给他梳头。男孩对这把新梳子爱不释手，无论是学习还是玩耍，都将梳子带在身边，他那头卷曲的金色头发，在梳子的打理下，像小羊羔的绒毛一样柔软，光滑干净，就像细腻的亚麻。这把新梳子真是太棒了，不扎头皮，既方便又轻巧，它在男孩眼中是无价之宝。但有一天，孩子东奔西跑玩得开心，梳子不知掉落在了哪个角落，他的头发乱糟糟的像一团杂草。保姆给他梳头发时，他哭喊道："我要我的梳子！我的梳子哪里去了？"

最终那把梳子被找回来了，可是它插进男孩的头发里时，却进退两难，它拉扯着男孩的头发，痛得孩子直掉眼泪。孩子喊叫道："梳子，你真是太可恶了！"

梳子不解地回答道：“主人，我没变啊！我还是以前的我，可是你的头发乱蓬蓬一团，实在是太糟糕了。”孩子听了之后，生气地把梳子抛入了河中，至今那把梳子还在水妖的手中……

人们对待真理往往也是这样的态度，如果我们的内心纯洁公正，就会觉得真理神圣且亲切，一旦我们的内心变得肮脏罪恶，就会把真理当作耳旁风，就好像这个头发乱糟糟却不爱梳头的孩子。

纷争

阿尔喀得斯是阿尔克墨涅的孩子，他勇猛刚强，英勇无比。有一次在悬崖的小道上，他忽然发现路边有一个刺猬，但是不是真的刺猬他又无法确定。阿尔喀得斯想用脚把它踩碎，谁知他刚刚碰到那个东西，那东西就膨胀了一倍。这个勇士立马被激怒了，他抡起木棍，朝着那个东西更用力地击打。那个怪物立马就发生了变化，不断地发胀、膨大、增长……最后这个庞然大物不仅阻挡了阿尔喀得斯的去路，还将阳光遮蔽。他害怕地丢掉木棍，惊诧地看着眼前的景色，就在这危急关头，雅典娜女神突然降临，她告诉阿尔喀得斯：“我的兄弟啊，不要轻易触碰它，它的名字叫‘纷争’。你若不去碰它，它会渺小得用肉眼都看不到，可如果谁自不量力想要和它较量，它就会在咒骂声中慢慢长大，最终变得像高山一样庞大。”

自恋的驴驹

有一位很出名的画家叫阿佩莱斯，他在森林中遇到了一个小驴驹，就把它请到了家中做客，驴驹开心得不得了。回到森林后，它到处向人吹嘘炫耀，“阿佩莱斯特别喜欢我，他简直为我着了魔，只要一碰见我，他就会请我去家里做客。我猜想他一定想照我的样子描摹飞马。”

“不是这样的，我要画弥达斯的评判。”画家恰好从森林路过，听见了驴驹的话，“我不过是想参照你的样子，画弥达斯的耳朵，十分荣幸，你这么看得起我！说实在的，驴子的耳朵我见过不少，可是像你耳朵这么出色的，我还是第一次见，不要说别的小驴驹没法和你比，就是许多老驴也不曾有！”

有的人总是过分自恋，这在别人眼中会显得非常可笑。就像这头驴驹似的，自吹自擂以为自己多么了不起，实际上他应该为自己的狂妄嚣张感到羞愧。

小孩与蛇

一个调皮的小孩抓到了一条蛇，他以为那仅仅是一条黄鳝，当他意识到那是蛇时，立马吓得脸色焦黄。这时蛇开口说话了，语调缓慢又平静：“孩子啊，你如果不学得聪明一点，就会轻易受到意外伤害，你不能总是受到宽恕，这次是上帝开恩，下次你可要当心。你要始终明白，你是在和谁闹着玩!”

大海与风

一场波涛翻涌的海浪过后，一个水手被卷到了海滩上，他昏迷了。等他清醒后，他极度疲倦，但是仍不忘咒骂大海：“你这可恶的家伙，你用虚假的平静诱惑我们来到你的身边，用魅惑的笑容勾引我们，然后将我们吞进黑暗的深渊。”大海听了以后，幻化成海上女神来到了水手身边，她对水手说：“你怎么能平白无故将我责怪？顺着我的海水漂流，既不可怕也不危险，至于偶尔的波涛翻涌，你应该怪罪风神之子，是他让我片刻不得安宁，你若是不信，可以亲自试试，只要风停了，你可以放心地驾船出驶，那时海面又是一片安静，甚至比陆地还平坦。”

大海说的话看似有道理，也不是欺骗水手，可是你要知道，没有风，船怎么能扬帆起航？

蚂蚁大力士

有一只不同寻常的蚂蚁，它力大无穷，举得起两颗硕大的麦粒，它甚至还能随时随地叼起一只肉蛆，独自跟蜘蛛作战，由于它过人的勇猛，使得它在蚁族里备受尊敬，成为众多蚂蚁茶余饭后的热议话题。这只蚂蚁听了无数的赞扬和恭维之后，对那些阿谀奉承的言辞照单全收，很快它就被耀眼的光荣冲昏了头脑，它甚至突发奇想要去城里卖艺，向更多的人展现它过人的本领。

它大模大样地随着一辆进城拉草车来到了城市，没想到它刚一进城就受到了致命的打击，原以为集市上的人会蜂拥而至为它喝彩，可是人们都在忙着自己的事，根本没有时间搭理它，我们的蚂蚁大力士可不甘心被忽视，它驮起一片树叶，一会儿伏在地上，一会儿弓起身子，直到它累得瘫倒在地，也没有一个人注意到它。它四仰八叉躺在地上，和身边的一只狗说："你们城里人真是不懂欣赏，我整整卖力地表演了一个小时，这群城里人竟然熟视无睹，简直是有眼无珠！在我们蚁族里，谁不认识我这个大力士呢？"说罢，它义愤填膺地向洞穴爬去。

有的人觉得自己勇猛无比天下无敌，可实际上，他们的眼界仅限于小小的蚁穴。

财富

从前有个牧人，他将舒适的小屋安放在靠近海边的地方。他性格恬淡温和，靠着羊群生活，虽然他没有经历过豪华富裕的生活，可是却也没有遇到过什么苦难。他的小日子平平淡淡，甚至比许多国王还要幸福。可是，总有载满奇珍异宝、阔绰老爷的船只，从他家门前的海面经过。久而久之，牧人对那些宝物感到艳羡，他也想过上富足的生活。

牧人卖掉了自己的羊群和舒适的小屋，买了很多货物，开始出海经商。可是过了没多久，他就感受到了大海的变幻无常。海岸线刚刚消失，海上就刮起了狂风，在狂风暴雨的夹击下，船破了，货物沉了，他自己苦苦挣扎才回到了岸上，可是他的生活却发生了翻天覆地的变化——以前是他放自己的羊，现在他却只能成为地主家的佣人，替主人放羊。尽管是这样的落差，牧人并没有放弃，他凭借自己吃苦耐劳的精神，省吃俭用，终于重新买回了羊群，不用再寄人篱下。

晴朗的一天，他坐在海岸边放羊，海面上风平浪静没有一丝风，大海显得是那样安详和谐，船只离开海岸线平稳地驶向远方。牧人对大海说："大海啊，你又想迷惑别人，为自己谋利了，无论你怎样成功诱惑别人，但你休想再次从我这里搜刮到一分钱，我不会再上你的当了，我已经知道你的底细了。"

这则寓言的深意不言而喻：与其羡慕别人的生活，去追求不切实际的幻想，不如牢牢把握好自己手里的财富。被迷惑的受骗者成千上万，而能抵御诱惑的人却少之又少。

羊与猎犬

有一群绵羊决定增加猎犬的数量来摆脱和抵御狼群的侵扰，它们以为这样就可以保证自己的生命安全，可是结果怎样？猎犬的数目增多了，绵羊确实摆脱了狼群的纠缠，可是猎犬也需要把肚子填满。起初，猎犬只是从绵羊身上获取羊毛，可是后来，猎犬开始扒掉羊皮。最后，绵羊越来越少，一群羊只剩下五六头了。最后，所有的绵羊都被猎犬吃掉了。

落入陷阱的熊

一只熊掉入了猎人的陷阱。当人们不用真正面对死神时，谁都可以谈笑风生，可是死到临头，那可就不一样了。熊还不想死，所以它绞尽脑汁准备挣扎一番。可是境况对它太不利了，周围都是猎犬、猎枪和钢叉，身上还紧紧绑着绳子。忽然它灵机一动，想到了一个办法，它对着猎人喊道："朋友，我可是从没得罪过你啊，你杀了我对你又有什么好处呢？难道你真的相信世人对熊的诽谤吗？可事实并不是这样，你想想，在所有野兽中，唯有我们不触碰死人，我们的品德无可挑剔，甚至可以称得上是高尚啊！"

猎人听完后笑了笑说道："你们不触犯死者的品质值得赞扬，可是你们一旦抓住机会，却从不放活人一条生路。你们还不如去吃尸首，让活人不受损伤。"

花朵与麦田

田野里的麦穗，隔着温室的玻璃，看见里面的花朵正在享受着人们无微不至的照料。它联想到自己每天在露天的环境中忍受酷晒和风霜，感到难过极了。它委屈地向人类抱怨道："人类啊人类，你们简直太不公平了。谁长得漂亮你们就宠爱谁，可对真正给你们带来利益的我们，却毫不在意。你们的收入不是来自于我们吗？自从你们把我们播入土中，可曾为我们建造玻璃房子抵御寒冷？可曾雇用工人为我们除虫保温？你们可曾亲自为我们浇水？我们一直都是依靠着大自然的给予而生存。再看看那些温室里的花朵，虽然它们不能给你们带来利益，带来食物，可你们依旧把它们娇惯地养在温室。如果你能给予我们麦穗同样的待遇，我相信明年你的收成将会是今年的百倍，你甚至可以将粮食卖到京城。想想吧，主人，快为我们修建一个温室吧！”

主人回道：“麦穗啊，你们根本没有感受到我的良苦用心，请你们相信，我最关心的就是你们，我为你们清除杂草，为你们浇灌肥料，我为你们付出了无数的汗水，现在我说再多也是徒劳，你们最应该的是向老天爷祷告年年风调雨水，假如我听从你们的建议，那么花朵和麦田都将不复存在。”

不同层次、不同地位的人，都无可避免地与别人进行攀比，当你听到他们的抱怨时，不妨向他们讲述这个故事，给他们善良的提醒。

果园里的蛀虫

有一条蛀虫向农民恳求道：“善良的农民伯伯啊，请让我到你的果园里避暑做客吧，我保证听话，绝不吃你的果实，我只会吃那些枯萎发黄的叶子。”农民伯伯想：“看它也怪可怜的，就给它在果园找一个落脚地吧，反正一条虫子也占不了多大的地方。让它吃几片叶子也没什么损失。”虫子得到允许后，爬上了一棵果树。它的生活虽然算不上安逸，可是却也无忧无虑，不用忍受风吹日晒的痛苦。

秋天到了，果园里变得金灿灿，像琥珀一样闪闪发光。一个熟透了的苹果挂在树梢，早就引起了一个顽皮男孩的注意，他太想得到那个苹果了，可是他不敢爬树，也摇不动果树，只能眼巴巴地看着苹果却吃不到。虫子看到了这一幕，它对男孩说：“男孩，这个苹果你若是不赶快偷走，就会被主人摘走卖钱了，现在我有办法帮你得到这个苹果，可是你要把这个苹果分我一小半儿，你分的比我多十倍都行，一小口就够我吃好久了。”男孩听后，接纳了虫子的建议。树上的虫子得到指令后就开始行动了，没用一分钟，它就咬断了苹果柄。可是它最终得到了什么呢？

苹果刚到男孩手中，他就连肉带核吃了个干干净净，一口都没有留给虫子，等虫子从树上爬下来时，男孩一脚结束了它的生命。

朋友们啊，千万不要指望用背叛来换取利益。需要时，有的人不把背叛看成罪过，可是在他们眼中，背叛者的本性是邪恶的，他们往往逃不开报应。

哭丧

古代埃及有这样一种风俗，无论什么身份的人死后，都要显得阔绰富裕，甚至要雇用一些哭丧妇随着灵车哭喊。有一天，一个名人死了，跟随灵车的哭丧妇们号啕大哭，哭诉死者英年早逝。一个路人听见了她们的哭诉，以为这些哭得如此伤心的妇人一定是死者亲属，他问：“我见你们哭得如此伤心，想必你们并不愿意他死吧？你们想让他死而复生吗？我是一个魔法师，我有符咒可以令人起死回生。”

哭丧妇们异口同声地喊道：“魔法师，让我们开开眼吧！不过我们有一个要求，让这个人五六天之后再次断气吧！他活着的时候，为非作歹，没干过一件好事，就算他活过来也不会为人造福，要是他再死一次，就会再花钱雇用我们哭丧。”

世界上确实有好多类似的人，唯有死了，才能给人带来点好处。

强盗与作家

在昏暗的地府，判官同时审问两个在人间犯下滔天罪行的歹徒。其中一个是强盗，他在路上抢劫行人，最终被拘留逮捕。还有一个是著名的作家，他在作品文章中埋藏下了邪恶的种子。

他诱惑读者丧失信仰，堕落到罪恶的深渊。他像海妖一样淫荡也像海妖一样邪恶。地狱里的审判公平且迅速，没有任何拖延，判决书就当庭宣告了。两根巨大的铁链将两口大锅吊了起来，两个罪犯都被抛进了铁锅，强盗的那口锅下扔了很多木柴，复仇女神亲自点燃了熊熊大火，火舌迅速蹿起来，地狱房顶的石头都被灼烧得噼里啪啦，仿佛马上就要爆炸了。而对作家的审判似乎并不严厉，作家的那口锅下面仅是小小的火苗，可是那火越烧越厉害，好像几百年都烧不完。强盗那口锅下面的火早就熄灭了，而作家那口锅的火势不减，反而越烧越热。作家忍受不住如此煎熬破口大骂道："都说地狱很公平，可是我觉得神灵一点也不公平。我在人间可是大名鼎鼎的作家，虽然我的作品里有一点瑕疵，可是你们给我的惩罚竟然比强盗都严重，这简直太不公平了！"

地狱三姐妹中的一位出现在了作家的面前，她的头上盘踞着好几条吐着蛇芯子的毒蛇，手里握着鲜血淋淋的皮鞭。她说："你这个倒霉鬼，你竟然还抱怨地狱不公，你还敢把自己的罪证和强盗相提并论？他有罪，而你的罪恶更加深重。强盗凶残危害社会，但那仅仅是生前，罪恶会随着他的死亡而结束。但是对于你，即使你的骨头早已化成了灰烬，可你遗留下来的罪恶却随着每一次太阳的升起而浮现。你作品遗留下来的毒瘤非但不会随着时间的流逝而消逝，反而会世代流传，像滔滔江水一样绵延不绝。你看看你都做了那些罪恶的行径，你的双手沾染了无形的罪恶，无数的家庭因为谁而破碎，无数儿童的头脑和心灵受到了谁的毒害？是你！就是你！是你粉碎了儿童的梦幻，是你攻击正常的人际，是你鼓动反抗社会的文明，你借助美艳的外在宣扬淫秽和色情，你散布的歪理邪说充斥了整个国度，恐怖和纷争到处上演，狂妄的你竟然还将罪恶的手伸向了神明，你慢慢忍受酷刑的折磨吧，这是你应得的报应。”复仇女神愤怒地说罢，就“砰”的一声盖上了锅盖。

名誉

常常有人这样说：“身正不怕影子斜。只要我自己问心无愧，我就不在乎别人对我的评价。”其实这句话说错了，为了不让世人的评价伤害自己，你必须学会时刻保持良好的品行和外在。可爱的女孩子们，你们更应该明白，一个清白高贵的名声胜过所有的珠宝，记住，比春天的花朵还要美丽还要脆弱的，是你们的名誉。就算你们内在纯洁，秉性端庄，可是一个不合时宜的言行，将会给你们带来无穷的困扰，让你们的名誉遭到损害。难道这意味着你们不能抛头露面不能结识新的朋友？不！我的意思是，你每走一步都要仔细衡量、反复思考，免遭流言蜚语、污蔑和诽谤。

亲爱的小朋友们，我为你们想到了这样一则寓言，趁着年轻，你要赶快明白其中的内涵，避免以后无辜受害。从前，有一头小羊，它因为一时好奇，披上了一只狼皮钻进了羊群中，它本来想到处炫耀一番，可是却被猎犬发现了。羊群中怎么能有狼的身影？猎犬们同时向狼扑去，可怜的小羊还没反应过来，一下子就被按倒在地。若不是牧羊人及时赶到，小羊早就被猎犬撕碎。小羊虽然从猎犬的利爪下死里逃生，可是却受到了惊吓，浑身颤抖地回到了羊圈。从此它变得神经虚弱，面脸憔悴，一辈子活在恐惧之中，假如这个小羊能提早意识到，扮成狼是一个危险的行为，它就不会落得如此下场。

鼠族大会

有一天，老鼠们突发奇想，想要名扬天下，它们才不管猫儿有多么厉害。它们要从地窖一直闹腾到阁楼顶层，把那些厨子佣人们气得发狂。为了进一步能确立自己种族强悍有力的地位，召开一次鼠族大会势在必行。但是并不是谁都有资格出席会议的，只有尾巴的长度和身子的长度相等的老鼠才有资格出席会议。在老鼠的世界里，有这样一条亘古不变的真理：尾巴越长表示这个老鼠越机灵。这个看法对不对我们暂时不予评论，但是这就好像在人类世界里，人们依据服饰和胡须来评判一个人是否聪明。如果老鼠不幸没有了尾巴，就意味着这只老鼠在曾经的战斗中失败过，这是无能和笨拙的表现。这种老鼠将不再受到重用，免得影响整个家族。一切准备就绪，会议邀请也都发了出去，时间定在午夜时分，地点定在厨房的面粉桶内。会议按时召开，可是一个小老鼠忽然发现一个秃尾巴老鼠混在其中，小老鼠感到生气，它拍了拍身边德高望重的白胡子老鼠说："这里怎么有只没尾巴的老鼠？我们的规定怎么能受到质疑？请号召大家举手表决，将它轰出大会。连自己的尾巴都保护不好，它还能为我们做些什么？我绝不允许这样的老鼠来拖累我们大家！"白胡子老鼠回答道："不要出声，你说的意思我明白，可是这只老鼠是我的旧相识。"

堤坝上的小洞

磨坊堤坝有一个小洞渗水，如果提早补上，就不会有后来的事故了。

小洞逐渐腐蚀，变成了一个大洞，磨坊内的工人向磨坊主报告说："老板啊，不要再无所事事了，渗水处越来越大，像用木桶往外倒水!"可是老板不紧不慢地说："没事没事，这不算什么大事，又不会变成汪洋大海，剩余的水足够我用一辈子了。"说罢，老板又倒下身去，进入了甜美的梦乡。一天天过去，堤坝的水漏的越来越厉害，一场灾难终于到来。磨盘不再转动，磨坊不得不停工了。老板这才着急修补漏洞。他站在堤坝上看着那个大大的窟窿，既懊悔又心痛，突然，他发现几只鸡竟然在喝地上的水，他大声咒骂道："畜生，水本来就不够用了，你们还来喝水，简直太下流了!"他抡起身边的木棍向鸡扔去，这样一来后果可想而知：鸡死了，水也没了，磨坊主什么都没有了，成为了一个彻头彻尾的穷光蛋。

人世间有不少这样的人，他们每天歌舞升平、挥金如土，但是一到干正经事的时候，用一个蜡烛头，他们也会觉得浪费，并为这一点小事斤斤计较争论不休，这种人的资产不会保留太久，尽管有时候他看起来很节省。

一只燕子带不来春天

从前有一个公子哥，他继承了一大笔遗产，过着挥金如土的日子。可是没过多久，他就变得一穷二白分文不剩了。到最后他只剩下一件旧皮袄，这也仅仅是因为正值寒冬，他怕出门受冻才留下了皮袄。可是没多久，这个浪荡公子竟然连皮袄也卖了，难道他不怕窗外的严寒了吗?原来是他看见了屋顶的一只燕子，认为春天已经到来了，春天阳光温暖，春风和煦，寒冷已经被驱散，旧皮袄留着还有什么用呢?可是俗话说得好："一只燕子带不来春天。"天气果然又变冷了，厚重的积雪踩起来吱吱作响，窗户冻出了一片片冰花，浪荡公子缩在角落里冻得直掉眼泪。他正巧看见那只"报春"的小燕子也冻僵在地上不能动弹。他颤抖着走到燕子身边，恶狠狠地说道："可恨的燕子，你果然是自食恶果，就因为你，我才提前卖了皮袄受了欺骗，落得如今这个下场。"

自恃聪明的石斑鱼

虽然我不是预言大师，但是每当看见飞蛾扑火时，我总会料定，火焰会烧断它的翅膀。这不是整篇寓言的内容，仅仅是需要揭示的箴言，它不仅适用于懵懂的孩子，也适用于成年人。我上了年纪，说话总是啰哩啰唆，但是我的很多经验值得借鉴，请你仔细听：很多人犯了小错误后，总会想尽办法为自己辩解，理由各种各样：调皮捣蛋而已，何必指责？但是顽皮终有一日会发展为罪孽，小错形成了习惯，就会变成欲望，它以无法抵挡的诱惑让我们陷入迷惑，从此脱离清醒。现在我要给你们正式讲一个寓言让你们更加明白，自恃聪明所带来的苦果。

众所周知，渔夫是所有水族的死对头，这天，一个渔夫找了一个地方摆好鱼竿，准备钓鱼。在陡峭的河岸边有一条顽皮的石斑鱼，它胆大心细，常常戏弄渔夫。这天，河里的石斑鱼像一个小陀螺似的围绕着鱼钩打转，河岸上的渔夫眼睛紧紧地盯着浮标，静静等待鱼儿上钩，忽然浮标动了，渔夫兴奋地拉起鱼竿，可是并没有鱼儿上钩，就连鱼饵也没了。岸上的渔夫气得破口大骂，而河里的石斑鱼却捂着嘴偷乐，它总是这样狡猾，抢走鱼饵，让钓鱼的人气急败坏。

河里的鱼也曾劝过石斑鱼不要做这样危险的举动："好姐妹啊，你听我说，你这样的做法太危险了，一不小心就会丧命的。河里还有别的东西，你不要总围着鱼钩打转。今天你能得手，不代表你次次都能得手。"但石斑鱼固执得根本听不进去别人的劝告，它不屑一顾地说："我又不是近视眼，渔夫们的诡计我能一眼拆穿，你只要把那些无畏的害怕丢在一边，就可以像我一样收拾这些可笑的笨蛋。"说罢，石斑鱼像离弦的箭一般冲向一只只鱼钩，它叼走了一个、两个鱼饵，可是第三个鱼饵却让它遭遇了危险。也许当它离开河水的那刻起，它才会明白——最好一开始就远离危险。可是它明白得太晚了。

朋友

要想受到别人的尊敬，就要慎重小心地结交朋友，因为你身边的朋友是你自身品格的折射。有一个农夫和蛇成为了好朋友，众所周知，蛇是多么歹毒精明。蛇和农夫做朋友的那一天起，农夫就发誓，要对他的这位朋友永远忠诚，但也就是从这一天起，农夫以前的亲朋好友都开始对他退避三舍，再也不愿和他有往来。农夫不满地抱怨道："你们怎么都开始不理我了？是我的妻子没有好好招待你们吗？还是我准备的酒宴不好吃?"

其中一个亲戚说道："不，我们本来十分愿意去你家，你们全家都热情好客，准备的食物也很丰盛，这一点无须质疑。可是现在只要我们一去你家，就会看到你的那位蛇朋友，提心吊胆地担心它向我们攻击，你说说，这样的心情怎么能好受?"

老橡树下的猪

在一棵百年老橡树下，躺着一头呼呼沉睡的猪，它刚刚吃饱了橡树果实的肚子鼓鼓的。不一会儿，它睡醒了，可是它睁开双眼刚站起来，就用它的嘴拱老橡树的根，树上的乌鸦好心提醒道："猪老兄啊，你可别再拱树根了，你要是再拱，橡树露出了树根就要枯死了。"谁知这头猪满不在乎地回答道："它枯萎了和我有什么关系。我看这橡树也没什么用，一辈子没有它，对我的生活也构不成什么影响。我看只有橡树的果实才是好东西，吃了它我才能长肉。"

橡树听了以后骂道："你这个没有良心的猪，把你的头抬起来，把你的眼睛睁大，橡树的果实可是长在我的身上!"

世界上总是不乏这些蠢家伙，他们谩骂科学、谩骂著作，可是他们却没有意识到，自己正在享用科学的成果。

蜘蛛织布

在我看来，对世人没有用处的才干，即使再值得赞叹，也是毫无用处的。有一个经商的人把布匹运到集市，这种布匹经济实惠，人人都喜爱，所以他家的铺子总是客人络绎不绝、人满为患。一只蜘蛛看见夏布卖得如此畅销，不由心生妒忌，它也想开一个铺子卖布，和商人争夺利益。

说干就干，它苦熬了一个通宵，织出了一匹精美奇妙的布，它扬扬得意，骄傲地坐在铺子里，只等天亮后，好好震慑一下买布的人。天亮了，结果怎样？来了一个调皮的小孩，一扫帚就把蜘蛛的成果破坏了，蜘蛛大怒，生气地吼道：“你等着，上帝一定会惩罚你的，我要让全世界的人评评理，我和商人谁织的夏布更好更细致！”蜜蜂听后回道：“你的丝更细，这一点儿没有人会反驳。可是这有什么用？你的布匹既不能抵御严寒也不能制作衣服，买了有什么用呢？”

驴子的报复

一天，狐狸和驴子在路上相遇了，狐狸热情地问道：“亲爱的朋友，你这是从哪里来呀？走起路来这么悠闲自得。”

驴子得意地回答道：“朋友，我从狮子那里过来的，你不知道，曾经的狮王已经老了，不中用了。以前是狮子大吼一声，森林也会跟着颤抖，吓得我魂不守舍立马逃跑，哪敢直视他的眼睛。可是现在它老了，一点儿力气也没有了，瘫在洞里像一块没有用的木头。现在提起狮子，森林里的动物没一个害怕的，无论谁路过他的洞穴，都要进去发泄一通，有的用角顶，有的用嘴咬，真是一报还一报……”

狐狸打断驴子的话：“你呢？你应该还是不敢碰狮子吧？”

驴子哈哈大笑道：“你懂什么呀，我还有什么可怕的，我要踢它踢个够。让它晓得驴蹄子的滋味。”

世间庸俗卑鄙的人大多如此，当你有地位有声望的时候，他乖乖匍匐在你的脚下，一旦你下马或是遭遇什么不测，他会第一个向你报复。

厚脸皮的苍蝇

春天里，微风和煦地吹着，在花园的草茎上摇晃着一只苍蝇。它看见蜜蜂在花朵上辛勤地工作着，于是傲慢地说：“你这样每天从早到晚忙碌奔波，简直是太可怜了，你看看我每天的生活，不是跳舞就是酒宴，简直就像在天堂似的。绝不是我吹牛，那些达官贵人都是我的好友，无论在什么地方赴宴，无论是婚礼还是寿宴，我总是第一个赶到现场。用水晶杯品尝葡萄酒，用精美的瓷碟享受佳肴，欣赏漂亮的妙龄女郎，我尤其喜欢温柔的姑娘，一会儿落到她们像玫瑰一样娇艳的脸庞，一会儿落到她们瓷白的脖子……”

蜜蜂不耐烦地打断苍蝇的炫耀：“你说的这些我都知道，可是貌似你在舞会上并不受欢迎吧，人人看见你都厌恶地皱起眉头，你一出现，人家都轰你呢！”

苍蝇满不在乎地答道：“轰就轰呗，我从这个窗口被轰出去，也可以再从另一个窗户飞回来啊！”

毒蛇

在木桩下的阴暗世界里，隐藏着一只毒蛇，它用邪恶的眼睛观看这个世界。在毒蛇的感情世界里只有仇恨，这是它与生俱来的冷血天性。一只羊羔在木桩周围欢快地跳跃，它丝毫没有注意到身边的危险，直到被毒蛇狠狠地咬了一口。

可怜的绵羊双眼失去了焦距，体内的毒素随着血液流向心脏，临死前它不甘心地问毒蛇："我又没有得罪你，为什么这样对待我？"毒蛇用低沉的声音回应道："不知道！也许你蹦蹦跳跳出现在这里是为了踩死我呢？以防万一，我要先把你干掉！"小羊虚弱地说："冤枉啊……"

有些人不具有情感，也体会不到友情和爱情的美妙，他们的世界里唯一剩下的只有仇恨，在他们眼中，每一个人都是坏人。

砂锅和铁锅

砂锅和铁锅是一对好朋友，尽管铁锅的出身十分高贵，可这丝毫不影响它们之间的感情，铁锅愿意做砂锅的支撑和依赖。它们从早到晚形影不离，要它们彼此分开一小会儿都很困难。单独上炉灶它们觉得太寂寞，无论是上灶还是下来，它们都是手挽着手亲密无间，忽然有一天，铁锅想去周游世界，它诚挚地邀请砂锅与它同行，尽管砂锅并不喜欢长途跋涉的旅行，可是为了和铁锅在一起，砂锅还是同意了。

启程的日子到了，它们坐在同一辆车内，道路崎岖，车子一阵颠簸，它们坐在车子里相互碰撞，遇到难行陡峭的山路，铁锅面不改色泰然处之，而砂锅原本就生性怯懦，一到这个时候更是全身疼痛，然而它并不打算放弃这次旅行，能和铁锅这样朝夕相处，它引以为傲。

我不知道这次旅途的终点在哪里，也不知道路途有多遥远，但我确切地知道它们最后的结局：砂锅会碎成一片片，而铁锅仍旧完好无损。相信各位读者一定明白这则寓言的含义了：只有建立在平等的基础上，才能谈论友情或者爱情。

牧人与野山羊

寒冷的冬天，一个牧民在山上闲逛，他在一个洞穴中发现了几只野山羊，他饱含着热泪感谢上天的恩赐："真是太棒了，我的羊群现在多了一倍，我就是不吃不睡，也要把这些山羊养好，用不了多久，我就会成为这里最富有的人。"

俗语说过："地主靠田地，牧人靠羊群，羊群能带来源源不断的财富。制作奶油奶酪，获得羊毛羊皮。"饲养山羊只需要在冬天准备足够的饲料，牧民早就准备好了。这个牧民把准备给家羊的饲料匀出一部分给野山羊，对野山羊关怀备至，一天看望一百次。他甚至减少了给家羊的饲料，完全不顾及它们饿肚子，牧民每天只给它们一把草料，可怜的家羊只好将就。

春天到了，事情变得糟糕极了。野山羊全都跑回山林里去了，它们根本不适应圈养的生活，而家羊早就变得瘦弱不堪，接二连三地全部死掉了。牧人变得一无所有，只能拎起篮子沿街乞讨，尽管去年冬天，他还做着变成富豪的美梦。

牧民啊，听我一句规劝：与其为野山羊白白浪费了饲料，还不如把自己家的山羊养得白白胖胖。

肮脏的扫帚

一把肮脏的扫帚竟然得宠了，它再不用清理肮脏的厨房了，从今天开始，它受命清扫老爷的外衣。原来仆人们宿醉未醒，拿错了。扫帚紧紧把握了这个机会，拼命表现自己，敲打老爷的外衣时，不知疲倦，尽管清扫外套并不是一件轻松的工作。它的精神值得鼓舞，可糟糕的是它本身并不干净，怎能期待它有一个好的成果？用它打扫完之后，脏东西比原来多了一倍。

绵羊获罪

一头可怜的绵羊被农民告上了法庭，罪名是绵羊偷了农民家的鸡。法庭的法官是狐狸，这个案子被闹得沸沸扬扬，成为了人们茶余饭后的谈资。狐狸法官审完了原告审被告，让他们娓娓道来事情的始终。

农民首先说：“早晨，我像往常一样去喂鸡，可是我发现少了两只鸡，鸡毛和鸡骨头扔得满院子都是，当时这只绵羊就在犯罪现场。”

绵羊反抗道：“我整晚都在那里睡觉，周围的邻居都可以是我的证人，我的品行高尚，家喻户晓，不会做这种鸡鸣狗盗之事。再说我根本不吃肉。”

狐狸法官总结了一下双方的发言，开始宣判了，他说：“绵羊的抗辩没评没据，因为所有的罪犯都擅长伪装自己并清理犯罪现场，出事那天，羊一直在鸡笼子旁边，要知道鸡肉的味道可是相当美味的，谁都无法抵御这样的诱惑，并且绵羊还具有作案时间，所以我出于公正的推断，本案的罪犯一定是绵羊。”

最终绵羊被判处了绞刑，法官得到了羊肉，农民得到了羊皮。

守财奴

灶神一直守护着自己埋在地下的财宝，可是有一天，魔王忽然下了命令，让灶神去遥远的地方当差，而且不是三年五载，是相当长的一段时间。身为下属就是这样，无论你愿不愿意，必须执行上级的命令。灶神得到消息后就陷入了困扰，谁来守护他的财宝呢？假如雇一个人，则需要花费一大笔钱，可是没有人看管，不出一天，这些财宝就会被盗走。忽然，灶神灵机一动，他想到这家的主人，是一个财迷也是一个吝啬鬼。

灶神带着他的财宝来到了主人身边，恭敬地说道：“尊敬的主人，我奉命要到很远的地方出差，并且要离开很长一段时间，我们相处得十分融洽，所以我特地向你辞行。请你收下我的财宝，不用担心，你可以尽情使用它们，等到你死的时候，我就是这些财宝的继承人。这是我唯一的要求。祝愿你今后的日子过得幸福康健。”

灶神说完就启程上路了，过了十年又十年，灶神终于完成了他的使命可以回到家乡了。你猜他看到了什么？守财奴怀里紧紧抱着财宝箱，手中紧紧握着钥匙，却饿死了。灶神又重新得到了他的财宝，且分文没少，他打心眼里感到高兴！

守财奴守着成堆的金银财宝却饿死了，守来守去，最终为他人做了嫁衣。

诗人与财富

诗人请求宙斯为自己申冤，原来他要控告达官贵人。这天原告和被告都出席了法庭，诗人面色苍白衣衫褴褛，而达官贵人浑身穿着华美的服饰，身材富态神情骄傲。诗人谦卑地跪在宙斯面前说："发发慈悲吧，我万能的奥林匹斯山的君主，我究竟犯了什么错误？为什么命运女神从来不肯眷顾我？我吃不饱穿不暖，连住宿的地方都没有。我唯一的财产就是我的灵感，而你看看达官贵人们，一天什么都不用做，却住在精美的屋子里，受人们的膜拜，过着养尊处优的优越日子。"

宙斯回答道："你的诗篇将流芳百世，这难道不算有意义吗？他呢？他的孙辈们根本不会把他记在心里，更不会感激他。你不是愿意名扬万世吗？所以我把这辈子的荣华富贵给了他，你要明白，只要他看破红尘，只要他用理智评判下眼下的生活，他就会在你面前感到自惭形秽，对他现在的生活感到不满。"

抓小偷

大灰狼把一只可怜的小绵羊拖进了树林，不用怀疑，当然不是请小羊做客，而是要扒掉羊皮，把小羊摆上餐桌，狼的牙齿咀嚼着绵羊的骨头，发出咔咔的声音。尽管狼生性贪婪凶残，可是它并没有将小羊全部吃光，而是留出了一部分作为晚餐。

大灰狼找了一个舒适的地方，准备美美地睡一个午觉。可是一只小耗子被羊肉的美味吸引而来，小耗子小心翼翼来到了羊肉身边，叼起一片羊肉迅速地朝洞穴跑去。恰好这一幕被大灰狼看见，它立马弹跳起来，大叫着："抓小偷啊！救命啊！这下我可完了，我的家产都被偷走了。"狼的呼喊声震动得整个树林不得安宁。

在很多大城市，这样的景象经常上演，一个法官丢失了怀表，他大声喊道："来人啊，抓贼啊，救命啊！"

两个醉汉

"你好，法杰伊！"

"你好，叶戈尔，好久不见。"

"是啊，朋友，你最近过得怎么样？"

"别提了兄弟，我可以说是倒霉透顶！"上帝一定是在惩罚我，我的房子在一次意外中被火烧光了，从那个时候起，我就开始到处流浪。

"真的啊？兄弟，这简直太糟糕了！事情到底是怎么回事儿？"

"谁都无法预料啊，去年圣诞节，大家在一起喝酒，我拿着蜡烛去马厩给马喂草料。说真的，我当时已经喝多了，不知道怎么搞得，蜡烛一下子就倒了，火苗当时就蹿得老高，我好不容易才死里逃生，可是房子和其他家当全都被烧没了。对了，你呢？你的日子过得如何？"

"唉，伙计，实际上我比你还倒霉，也是去年圣诞节，我和伙伴们一起喝酒，大家都喝得酩酊大醉但是还不尽兴，我就点着蜡烛去冰窖取酒，我担心走路摇晃弄倒了蜡烛引起火灾，于是我干脆吹灭蜡烛，摸黑去取酒。在黑暗中绊倒我的一定是魔鬼，我从楼梯上滚下去摔得不省人事了。看，从那天起我就成为了瘸腿残废。这一定是上帝在惩罚我，不过幸好，他保留了我的性命。”

路旁的乡民听见了这二人的谈话，对他们说道：“还是责怪你们自己吧，你们有今天的境遇简直是自作自受，一个烧毁了房子，一个变成了残废。醉汉拿着蜡烛走虽然危险，可摸黑走路更容易出事故。”

椋鸟和猫

一户人家养了一只小猫和一只椋鸟，椋鸟虽然歌唱得不好听，但学识渊博，是一位哲学家，很受尊敬。小猫体格健壮，性格却温文尔雅有礼貌，它们是一对特别好的朋友。

有一天，主人着急出门，忘记给小猫喂食，等到饭点，可怜的小猫被饿得团团转，翘着猫尾巴呜呜地号叫。椋鸟看到这一幕，就发挥它的哲学界精神对小猫说：“好朋友啊，你竟然心甘情愿地忍受饥饿，简直笨死了，你眼前的笼子里不就有一只金丝雀吗？你可真是傻瓜啊！”

小猫说：“可是，良心会过意不去的……”

椋鸟满不在乎地说：“你的见识简直太浅薄了，良心就是胡说八道，那是心灵脆弱的人无法逾越过去的鸿沟，在伟大的人看来，简直就是笑料。你想想那些为所欲为称霸的伟人，哪一个把良心看在眼里？”

椋鸟说得斩钉截铁且有根有据，肚子空空的小猫听后十分高兴，它一爪子抓出金丝雀几口吃掉了，雀肉的美味只能刺激起小猫的食欲，却根本无法将小猫的肚子填饱，受教育后的小猫对椋鸟说道：“谢谢你啊朋友，给我讲了这样一番道理，把我引上了正途。”说罢，小猫猛然向椋鸟扑去，撕碎了鸟笼，几口将自己的“导师”吞掉。

布道

自古以来，都有这样一群人：如果你是他们的好朋友，他们就会认可你。你是作家，他们就夸赞你一流的才华。如果换一个人，哪怕他声音甜美唱歌一流，也休想得到他们的赞赏。这样的一群人，他们拒绝正视别人的特长，这实在让我感到失望。现在我要讲一个故事，来阐明这个道理。

教堂里有一个传教士，他和大名鼎鼎的柏拉图一样能说会道。他用和善亲切的语言教导他的教民多做善事，他说话诚恳，条理清晰，环环紧扣，他的话语就像一条金色的带子，将人间的思想和情感同天堂相连，他揭露尘世的虚无，句句在理，从不弄虚作假。教民们仔细地聆听传教士的话语，当布道结束之后，教民们都充满了对天堂的赞美和虔诚，不自觉地饱含热泪。当教民们走出教堂时，一个教徒对另一个教徒说："传教士是多么有才华啊，他是那样热情，那样优秀！可是你为什么听了之后什么反应都没有呢？你难道是铁石心肠？还是你听不懂他的语言？""我当然听得懂他的语言，但是我为什么要哭呢？我又不属于你们这个教区。"

乌鸦

假如你不想被他人嘲笑，那么你应该记住自己的出身，既然是普通群众就不要和贵族攀关系，是侏儒就不要往巨人堆里钻。千万不要忘记，你自己的地位。

乌鸦在自己的尾巴上插满了孔雀毛，它神色高傲地去找孔雀们玩耍。它以为自己在乌鸦群中是耀眼的明星，亲戚朋友们一定会羡慕得不得了。它自以为和孔雀是姐妹，它自以为熬到了出头的日子，它自以为能拥有闪闪发光的名声，可是结果怎样?

乌鸦骄傲地来到孔雀群中，谁知孔雀们啄得它到处乱跑，尽管它跑得飞快，可是结果它不仅没保留住尾巴上的孔雀毛，就连身上原有的乌鸦毛也被啄得所剩无几。乌鸦灰溜溜地飞回同伴身边，可是同伴们根本认不出它的本来面目，一拥而上拔光了它身上剩余的羽毛。

乌鸦的境遇真是太悲惨了，它本来以为能骄傲地风光一番，谁知最后它既没得到孔雀的青睐，也回不到原有的族群。

狮子大王

狮子大王十分厌恶杂毛羊，想将它们的种群灭亡，本来轻轻松松下道旨意就可以了，可是狮子大王怕招来臣民的非议，顶上乱开杀戒的恶名，影响日后治理臣民的威信。可是它又实在忍受不了杂毛羊，只能召见两大谋臣——狐狸和熊。

它把自己的心病告诉两位重臣，说它只要一看见杂毛羊就浑身不自在，就连眼睛都不舒服，甚至可能会因此失明，希望两位重臣能给予建议。

熊粗声粗气地开口道：“威严的大王，区区小事何足挂齿，您何必为了这样的事情耗费心神，一道圣旨就可以将它们解决，有谁敢反抗您呢?”狮子大王听完后皱了皱眉头。

狐狸见此情境开口道：“哎，大王是仁君啊，怎么会滥杀无辜呢，我理解您不想让无辜的臣民流血牺牲，我斗胆献上一计：请您下令为杂毛羊专门开辟水草肥美的牧场，母羊可以在那里吃到丰富的草料，小羊可以在那里愉快地奔跑，可是我们却没有合适的放牧人，您可以派狼充当牧人的角色，用不了多久，杂毛羊的种群将不会存在。当然这仅仅是我个人的想法，杂毛羊会对您的做法感恩戴德，可是后续的事情和您一点儿关系都没有啊!”狮子大王听后满意地点了点头，决定采用狐狸的建议。

最后不仅杂毛羊种群都消失了，就连纯种绵羊的数量也减少了，野兽们怎么议论这件事呢？它们说：狮子大王是仁君，而狼是坏人。

年老的狮子

狮子当年称霸武林凶悍无比，可是随着年纪的增长，它变得年老体弱，细细的腿脚勉强支撑着身子，爪子没有以前锋利了，牙齿也松动了，曾经的风采都不复存在了。

可最令狮子伤心的是，曾经臣服在它脚下的野兽现在都不害怕它了，反而趁着它的虚弱报复他，它们一拥而上地辱骂和殴打狮子，狼用牙撕咬，牛用角顶撞，骏马扬起蹄子狠狠地踹，可怜的狮子却毫无反抗的余地，它的声音中流露出绝望地悲鸣，揪心地等待死亡地到来。

忽然一只昂头挺胸的驴子出现了，它也想趁着狮子年迈一雪前耻。狮子绝望地叹道："上帝啊，与其让我活着遭受此种折磨，不如让我痛痛快快地死去，尽管死亡是极其可怕的，可我也不愿意活着被驴子侮辱。"

狐狸和狮子

狮子正在沿着陡峭的山坡紧紧追赶着一只羚羊，眼看就要追到了，狮子的眼中流露出势在必得的凶光，紧紧盯着这即将到嘴的美餐。可谁知，一道深深的溪涧横在前方，轻捷矫健的羚羊铆足了劲轻松一跃，像离弦的箭一样稳稳地落在了对岸。跟在后面的狮子急忙停住了追赶的脚步，他失望地叹了口气，准备放弃这场追逐。恰好，狮子的朋友狐狸路过了，它开口劝道："狮子啊，难道以你矫健的身躯和力量，还跨不过这道小小的山涧吗？只要你愿意，你一定可以的，你绝对可以开创奇迹，跨过这条山涧，战胜这道关卡，你就能吃到美味的羚羊肉！请你相信我的判断和对你诚挚的友谊，我绝不会拿你的生命开玩笑！"狐狸的一番话听得狮子心潮澎湃，它鼓足勇气，奋力冲向山涧，可是飞跃并不是狮子的强项，它一头栽下山涧摔死了。而它的好朋友狐狸做了些什么呢？狐狸不露神色地朝山涧下望了望，长出了一口气，从此它再也不用对狮子阿谀奉承了。它甚至来到没有人烟的山涧下，以一种特殊的方式为狮王送葬——用一个月的时间将它的朋友吃得骨头渣都不剩。

小马驹

春天到了，农夫将燕麦播种到土壤里，这一幕被一匹小马驹看见了，它生气地抱怨道："怎么白白扔掉这么多的燕麦啊！都说人是这个世界上最聪明的，我看他们根本不如我们有智慧，这么多燕麦撒在土里，难道让它们就这样腐烂掉吗？给我们做食物多好啊！拿去喂鸡也是不错地选择啊！就算他将这些燕麦储藏起来，我也只是说他吝啬贪婪而已，可是他竟然撒在地里，简直是愚蠢死了！"

秋天到了，农夫的燕麦大丰收了，他用收获的燕麦作为小马驹的食物。读者，相信你已经明白，小马驹的言论有多么可笑。可是古往今来，有多少像小马驹一样狂妄自大的人啊！对事情的真谛根本不懂还妄加猜测和评论。

松鼠与榛子

一只松鼠在狮子手下当差，虽然我们不知道它的具体工作是什么，可是狮子对松鼠相当满意，既然得到了狮子的赞赏，那么松鼠的工作就不是毫无价值的。狮子大王答应给松鼠满满一车的榛子作为工作报酬，但仅仅是口头承诺，很多年过去了，松鼠连一颗榛子都没有看见过。它经常忍饥挨饿地为狮子工作，过得特别艰辛，可是它一句怨言也不敢说，只能含着热泪强颜欢笑。有时，松鼠能看见它的同类在树上蹦蹦跳跳地玩耍，有时候能看见它们聚在一起开心地吃榛子，松鼠眼巴巴地看着眼前的景象，羡慕极了，虽然仅仅是几步之隔，可是想吃到一颗榛子简直比登天还难，因为给狮子当差，要随时候命，松鼠根本没有自己的休闲时间。很多年过去了，松鼠年纪大了，头脑腿脚都不灵活了，狮子开始嫌弃它，终于，松鼠被辞退了。不过狮子大王言而有信，它送给松鼠满满一车上等的大榛子作为工作多年的奖赏。松子抱着这一颗颗世间罕见的大榛子，难过极了——松鼠的牙齿早已经掉光了，再也嗑不了榛子了。

审判梭鱼

梭鱼被人告上了法庭，说它扰乱了整个鱼塘的秩序，说它的罪行不计其数。法庭按照惯例逮捕了梭鱼，用一只大大的木盆把它带上了法庭。法官们也陆续到场了，它们是两头驴子，两匹老马和两三只山羊。为了保证审判的公正性，大家一致推举聪明的狐狸作为检察官。虽然很早就听说，狐狸和梭鱼狼狈为奸，狐狸吃鱼都是靠梭鱼帮忙的，可是法官们铁面无私，不会允许徇私舞弊的事情发生，且这次梭鱼的案子铁证如山，就算是聪明的狐狸也无法为它开脱。

案子审理完了，宣判的结果是：梭鱼罪行累累，为起到杀一儆百的效果，梭鱼被处以绞刑。这时狐狸开腔了："尊敬的各位法官啊，这种死法太便宜梭鱼了，我有一种刑罚，可以让一切罪犯都可以感到畏惧——我们应该把梭鱼淹死在河里！"

法官们听后都满意地点点头："这真是一个奇妙的主意，来啊，把梭鱼扔进河里！"

夜莺

鹰王十分看重杜鹃，就赐予它夜莺的封号。杜鹃得了这个新封号，开心得不得了，它骄傲地站在白杨树上，为了能吸引百鸟们的目光，它抖抖羽毛准备一展歌喉，可是它一开口，四周的鸟儿们都一哄而散，有的嘲笑有的讥讽，杜鹃听后伤心极了，它跑到鹰王身边，准备给百鸟告上一状："承蒙大王恩宠赐予我夜莺的称号，可是百鸟根本不承认我，这简直是对您威严的侮辱啊，您应该好好惩罚它们。"

鹰王笑了笑说："朋友啊，我虽然是鸟中之王，可是我不是万能的上帝啊，你是如此的不幸，可是我却无能为力，我可以赐予你夜莺的称号，却无法把你变成真正的夜莺啊！"

刮脸

有一天我和一个老朋友在街上意外相逢，我们还在同一家旅店共同入住，隔天醒来，我竟然发现他一副惊慌痛苦的样子，昨晚睡觉前他还开开心心无忧无虑呢！我急忙问道："好朋友啊，你怎么了？是身体不舒服吗？"

"哎哟哟，没关系，哎哟哟，我正在刮脸呢！"

"什么？刮脸？"我一边说一边仔细地打量他，他正在噙着眼泪对着镜子刮脸，他皱着眉毛耸动着鼻子，样子痛苦极了，就好像被人在撕皮一样。我总算弄明白了这是怎么一回事儿，说道：“你怎么拿了一把刀刃钝了的剃刀啊，你哪里是在刮脸啊，简直是自讨苦吃！”

“我承认我的剃刀钝了，可是老兄啊，咱们又不是笨蛋，怎么能拿一把刀刃锋利的剃刀呢？那样更容易刮破脸皮。”

“朋友啊，你听我一句真心话，快剃刀使用起来更保险，只要你熟练使用就行了。钝剃刀才会刮破脸皮！”现在我想把这则故事引申一下：世间有许多这样的人，尽管他们不愿意承认，他们见到比自己聪明机智的人就心生畏惧，他们更喜欢手下有一群笨蛋。

鹰与爬虫

一只小小的爬虫抓着大树最顶端的枝叶不停地晃来晃去，雄鹰从小爬虫的头顶飞过，它居高临下，半是讥讽半是惊讶地问道：“可怜虫，你费了那么多力气爬这么高是为了什么？风一吹，你就会随着树枝一起摆动，你有什么自由呢？”

爬虫坚定地回答道：“你翅膀有力，身材魁梧，可以在蓝天中翱翔，所以你才可以满不在乎地说出这样一番话，命运赐予我们的不同，我没有你那样的优势，我能在这高处生存，依靠的是我的附着力。”

穷人与妖怪

一个穷人躺在低矮肮脏的小木屋中，一边想着心事一边自言自语地说道：“如果人一辈子只知道攒钱而一辈子不舍得花，那可真是太可悲了，这样的富人也太可怜了，这样做究竟是何苦呢？钱这东西，生不带来死不带去，何苦活的时候折磨委屈自己呢！假如我成为有钱人，我会好好挥霍我的钱财，一出手就是一千大洋，让自己的生活奢华又滋润。我要举办让世人都羡慕的奢华宴会，我还会施舍我的钱财给穷人，有钱还过得紧巴巴的简直是傻蛋！”

忽然，窗外窜进来一个身影，有人说他是妖怪，有人说他是魔术师，我就认为他是妖怪吧。

妖怪开头对穷人说：“你刚才说的那番话我都听到了，你想过富人的生活，我愿意成全你的心愿。朋友你看，这是一个钱袋，里面可以取出金币，一次只能取一枚，但是紧接着你就可以取出另一枚，总而言之，这个钱袋可以给你无穷无尽的财产，可是你不能使用这些金币在你把这个钱袋扔进水里之前。”妖怪说完这番话就消失不见了。

穷人听到了妖怪的话简直高兴坏了，他简直不相信自己会有这样的好运，他刚刚掏出一枚金币就有另外一枚金币等着他，他一边自言自语一边不断地往外掏钱：“但愿这样的幸运能一直持续到明早，这样我就会变成一个富翁了，我会尽情享受我的财富。”

可是天一亮，他就改变主意了：“这些钱能够我花多久啊，我为什么不再掏上一天，让我的财富增值呢？到时候我就可以拥有豪宅、马车、庄园！我怎么能错过增加财富的机会呢，就这样办，哪怕我今天不吃饭呢，享受生活，以后有的是时间！”结果呢，穷人变得越来越贪婪，他过了一周，一月，一年，穷人已经拥有了数不清的金币，他顾不上吃饭喝水，每天都忙着从钱袋里掏钱，有时他也想过把钱袋扔进水里去享受生活，可是他刚走到河边就急忙回来了，他想："扔了钱袋，就再也没有金币了，它可是我财富的来源!"

到后来，这个贪婪的穷人被折磨得面黄肌瘦两鬓斑白，他失去了健康的身体，变得衰弱不堪，可是他依旧颤颤巍巍地用手从口袋里掏钱从未停止。

他什么时候才能掏完呢？金币堆满了长凳，穷人守着金币咽了气，尽管他的金币已经九百万了，可是他连一分都没来得及花。

战刀的价值

一把纯钢制作的战刀十分锋利，可是阴差阳错，它却被扔在了废铁堆中，跟废铁一起拉到了集市上。一个农夫买到了它，他一眼就看对了这把战刀，他在心里暗暗盘算：我要给这个战刀安上刀柄，这样我就可以用它去森林里砍树皮、在家里劈木柴、或者削光木桩子……

过了不到一年，战刀被摧残得遍体鳞伤，最后变成了孩子们手中的玩具。茅屋里有一只刺猬，它和战刀天天待在一起，刺猬问战刀："你对你的一生感到失望吗？战刀本来是一种高贵的象征，可是你呢？你每天不是劈柴就是砍木桩，现如今沦落成孩子们的玩具，你不觉得丢人吗？"战刀无奈地叹了口气说："在士兵们的手里，我是威慑敌人的武器，可是在农夫家里，我没有一点用武之地，只能干一些粗活，虽然这并不是我的真实价值，可是我并不觉得丢脸，丢脸的是那些有眼无珠的人，他们根本不明白战刀的真正价值!"

骗术

布店的老板冲着里屋喊道："侄子啊，你快出来，你看我多会做生意，你瞧瞧你叔叔有多能干，照我这样的计谋，保证你盈利直线增长，你那块波兰呢子的布料想必你还记得吧？它放置的时间太久了又浸过水，根本卖不出去，可是我冒充它为英国布，转眼就脱手了，还多赚了一百块，上帝给我们白送了一个大傻瓜，哈哈哈！"

谁知侄子说："叔叔啊叔叔，你的主意虽然巧妙，可我不知道最终上当的是谁。你仔细看看吧，这张钞票是假的！"

商人诈骗并不少见，就连这样的小店骗术也在不断上演。可是大家都心知肚明：谁更狡猾，谁得到了利益越多！

大炮与船帆

不知从什么时候起，船上的大炮和船帆成为了冤家，大炮生气地抬起炮口，对着苍天大吼道："各位神明啊，你们何时见过这种破麻布做成的东西立过功劳，它竟然敢和我们同一地位。我们的航程万分凶险，若不是有我们大炮保驾护航，战船怎么在海上称霸？可是帆有什么贡献呢？只要一有风，它就挺起胸膛，驶过大海，一脸骄傲得意的样子，要知道这种殊荣应该是我们大炮所享用的。是我们把死亡和恐惧向四周传递，我们才能赢得周围船只的臣服。我们无法忍受和帆一起待在船上，风神啊，求您猛烈地吹吧，把这该死的破麻布撕碎，没有它，我们独自就能支撑起这个局面。”

风神听到了大炮的祷告如约而至，海上的平静顷刻间就被扰乱了，乌云遮蔽了太阳，排山倒海的风暴袭来，船帆在电闪雷鸣中被狂风撕得粉碎。

大风停止了，船帆消失了，大炮成为了船上独一无二的支柱。可是结果怎样呢？失去了风帆的船只成为了大海的玩具，它像无头苍蝇一样在海上漂浮，早就失去了航线，成为了一块毫无生气的木头，又一次战争袭来，在敌船猛烈的袭击下，它却找不到方向，根本不能移动，只能伤痕累累地同大炮一起沉入海底。

一个国家之所以强大，是因为他有各个部门相互协调配合，震慑敌人——靠大炮；保持权利平衡——靠船帆。

驴子的铃铛

农民养了一头十分温驯的驴子，为了奖赏它，农民给它脖子上系了一个铃铛，防止它在森林中走失。挂上铃铛的驴子十分得意，它将自己想象成被授予勋章的贵族，然而它没想到，这样的殊荣将会给它带来怎样的灾难。

驴子原本并不引人注意，没挂铃铛时，它还可以偷偷地跑进别人的地里偷吃一些食物，或者到菜园里去吃些蔬菜，吃饱了就赶快逃走，根本不会受到别人的谴责。可是自从它有了铃铛，它走到哪儿都会有丁零零的响声，一听到这个声音，人们就会从屋子里追出来驱赶它，有一个人都把它的一根肋骨打折了，我们的驴子实在悲惨极了，没多久就变成了瘦骨嶙峋的病秧子，活不了多久了。

坏人当官也是这样的境遇，原来地位卑微的时候，即使做一些违背良心的事情也不会被轻易发现，可是一旦职位上升，就会像挂了铃铛的驴子，丁零零的声音人们都可以听见。

米隆施粥

米隆是城市里很有钱的商人，他腰缠万贯，可不舍得施舍给穷人一分钱，街坊四邻都痛斥他的吝啬。哪个人不想得到他人的赞美呢？为了改变人们对他的看法，他想到了一个好主意：他放出话，每个礼拜六都会免费向穷人们赠饭施粥！这是真的，每个礼拜六人人都可以走进他的家门，门并没有上锁，你可以直奔前厅。也许你会想：这么多人去免费吃饭，米隆会不会破产呀？不用担心，他可没有这么笨，一到礼拜六他就解开猎犬的绳子，穷人进到院子里，别说吃饭喝水了，不被狗咬已经算是万幸了，但是米隆的名声却得到了大大改善。

人们说：“谁不敬仰米隆的德行啊，他是个好人，遗憾的是他家的狗太凶狠了，使得人们无法和这位富翁亲近，不然你就是和他共享富贵，他也万分愿意。”

这种事情我见得太多了，进入深宅大院简直比登天还难，可是无辜的狗总是受到世人的咒骂，而类似米隆这样的人却丝毫不受影响。

农夫的马

有一天狐狸问农夫："我的好朋友啊，我问你，为什么马总是能赢得你们人类的青睐呢？我看马总是和你作伴，陪你去地里干农活，陪你赶路去集市，你对它的精心照料简直引人妒忌，可是你要知道，马在所有动物中几乎是最愚蠢的笨蛋。"

农夫想了想回答道："狐狸老兄啊，你有所不知，这和精明愚蠢没有半点关系，我的目的实在很简单——我需要它替我拉车，并且服从我的马鞭。"

狗与马

狗和马都服务于同一个农夫，有一天它们起了争执，看家狗对马说："尊贵的主人早就应该把你赶出门了，拉车耕地有什么大不了的，根本没见你有其他的技能，你哪一点儿能和我比？我日夜忙碌，白天在牧场里保护羊群不受狼的袭击，晚上看家护院保护主人的财产。而你呢？"马回答道："你说的话确实有道理，可是，如果没有我拉车耕地，你就没有可以守护的财产。"

猫头鹰指路

一头失明的驴子外出旅游，它不小心在森林里迷了路，夜幕降临，它还在森林里团团打转，既不能前进也不能后退，站在树梢的猫头鹰看见了这一幕，它十分同情驴子的遭遇，就自告奋勇给驴子指路。猫头鹰天生一双夜视眼，无论是起伏的丘陵还是悬崖山谷，它都看得清清楚楚，黎明时分他就将驴子安全引到了山口，把驴子送到了平坦大道，可是驴子不忍心和这样好的向导分手，它和猫头鹰说："老兄，你能继续为我引路吗？我可以驮着你，咱们一起旅行吧！"猫头鹰想了想同意了，像绅士一样坐在驴的背上，出发了。

它们的结局如何呢？当太阳升起的时候，猫头鹰的视力变得非常模糊，可它仍旧固执地为驴子指路："小心啊，右边有一个水坑。"其实右边根本是康庄大道，而左边才是幽深的峡谷。"向左走，再跨一步。"驴子顺从地听着猫头鹰的指令，"扑通"一声，驴子驮着猫头鹰一起掉进了万丈深渊。

蛇的歌声

一条蛇向宙斯哀求道："请赐予我夜莺一样优美动听的声音吧！我现在的生活太没意思了，比我弱小的，一见到我就逃跑了，而比我强大的，一见到我就欺侮我。我真的不愿意再过这样的日子了，如果我能像夜莺一样唱歌，我一定会得到人们的拥戴，成为大家都喜爱的对象。”

宙斯想了想满足了蛇的请求，它那低哑凶残的声音立刻消失不见了，取而代之的是优美动听的嗓音。蛇爬到树上，可以展示自己优美的歌喉，四周的小鸟听到这样美丽的歌声，纷纷向歌手飞去，可是定睛一看，群鸟吓得魂不守舍四散而去，蛇生气地说道：“难道你们不喜欢我的歌声吗?”一只椋鸟回答道：“你的歌声好听极了，和夜莺一样清脆婉转，可是我们一看见你吞吐的舌头，就不由自主地害怕，恕我直言，你也不要生气，你的歌声我们十分喜欢，可是你唱歌时最好离我们远点。”

逃跑的狼

狼悄悄地来到村子，想找点东西充饥，谁知却被发现了，猎犬和猎人对它穷追不舍，狼一想到被逮到后的悲惨遭遇就浑身发抖，想赶快找个地方躲起来，可是它今天实在倒霉，家家户户都紧闭房门，只有篱笆下蹲着一只猫咪。狼赶忙低声下气地对猫哀求道：“我亲爱的朋友，你能告诉我村子里哪位农民心地最善吗？谁可以协助我躲避猎人的追赶？你听猎犬的吠叫和猎人的号角都吹响了，我转瞬就会被剥掉狼皮的。”

“你去求求斯杰潘吧，他的心肠最善良了。”猫咪建议道。

“好是好，可是我以前偷过他的绵羊，他不会帮助我的。”

“那你去问问杰米扬。”

“也不行，我抢过他家的山羊。”

“那你往那边跑吧，那里住着克里姆，你去求求他吧！”

“哎，也不行啊，我咬死了他家的小牛犊，他早就扬言要杀掉我了。”

猫咪无奈地对狼说：“兄弟，我明白了，你已经把全村子的人都得罪光了，你怎么还能指望在这里有人保护你？农民们不会受到你的危害还搭救你，你就等死吧。这是因果循环报应，你还是怪罪你自己吧。正所谓种瓜得瓜，种豆得豆。”

梭鱼与鳊鱼

老爷有一个漂亮的池塘，里面的水清澈透明，池子中有一群鳊鱼正在成群结队地游弋，日子过得好不快活。一天，老爷吩咐道：“把五十条梭鱼倒进池塘中。”一个朋友听后不解地说道：“不要啊，梭鱼生性凶残，你这样做不合常理，鳊鱼都会被吃掉的，多么可怜啊。难道你不明白梭鱼贪婪的习性吗?”老爷听后哈哈大笑：“我知道梭鱼生性凶残，可是我倒是很想知道，你凭什么认定我喜欢鳊鱼?”

小溪

喧腾奔涌的瀑布脚下，有一汪小溪，小溪富含矿物质，虽然水很少，可是可以治病的美名却远近闻名。瀑布对此非常不满，它嘲弄地说道：“你这么渺小，水流又少，可是你身边的游客却络绎不绝。人们来到这里无疑是为了瞻仰我的身影，而在你身边流连又是为什么?”

小溪恭敬顺从地回答道：“为了治疗疾病。”

忠心的大臣

狮子大王随着年龄的增长，身子骨越来越弱，它不再习惯硬邦邦的石头床，它觉得躺在上面浑身酸痛冰凉。为此它召集了最赏识的重臣，它说："我实在很不喜欢我现在的床，你们传令下去征收绒毛，不论贫富贵贱，都要收，我不能总躺在冰冷的石头上。"

大臣们恭恭敬敬地回答道："狮子大王英明，我们即刻传令下去，别说是献毛，献皮也是应该的。我们这里有毛的野兽太多了：梅花鹿、麋鹿、羚羊和山羊，它们从来不用缴税，让它们捐点绒毛简直太应该了。再说奉献绒毛并不吃亏，对它们来说反而会浑身轻松。"大臣的建议即刻被采纳了，狮王对忠心的大臣赞赏有加。可是这样的忠心事实怎样？熊和狼抓住了可怜的羊和鹿，不仅要了它们的绒毛，还将它们的皮全部剥掉，熊和狼的毛又多又长，可是它们连一根都没献给狮王，而参与征税的每一位大臣，都趁机收获了外快——弄到了过冬的皮衣皮褥。

征兵与美食

三个乡下人在彼得堡以赶车为生，他们在彼得堡的日子里虽然付出了艰辛却也收获了快乐，现在他们要返回到故乡。回家的途中，他们寄宿在一个乡村中，他们向主人要了晚饭，谁也不能空着肚子睡觉啊。可是乡村和彼得堡不能相比，晚饭仅仅是一盆素菜汤、一锅稀粥和几片面包。三个乡下人没法抱怨，有这些总比饿着肚子上床好。向上帝祷告之后，他们准备开吃，其中一个人看桌子上的食物实在不够吃便心生一计，他对另外两个人说：“伙计们，你们知道福马吗？在这一次征兵中他被选中了。”

“征兵？征兵做什么？”

“据说咱们的统治者要攻打中国了，他想让中国向咱们进贡茶叶。”

另外两个人听见后就开始议论，这仗该怎么打、谁适合当将领、这两个汉字都识字，他们看过不少关于军事的报纸，于是他们就热火朝天地讨论起来，这正好符合了另外一个人的心意，他一声不吭，把菜汤、面包、稀粥吃了个干干净净。

有些人总爱讨论和自己没有一点儿关系的事情，比如印度出了什么事，什么时候，什么起源，他们仿佛都一清二楚。可是他们忽略了眼皮子底下发生的事情，一桌美食早就被一扫而空。

萨瓦的谎言

老爷有一个牧人名叫萨瓦，忽然有一天他丢了羊，这个能干的小伙子伤心极了，他逢人便哭，说：“那只可怕的狼啊，从羊群里不声不响就拖走了羊，还将羊撕碎吃光。”人们看他哭得如此可怜，就同情地说道：“不要难过了，狼本性就凶残，对绵羊怎么可能心软呢?”

大家听了萨瓦的遭遇，都开始加强了对狼的防备，可是谁能知道萨瓦的炉子上，一会儿是羊排饭一会儿是羊肉羹。原来萨瓦是个城市里的厨师，因为犯了错才来乡村放羊。人们一边找狼一边咒骂，可是找遍了山林也没找到狼的踪影。

朋友啊，你们不要白费力气了，狼不过是萨瓦编出来的谎言，真正吃羊的是他自己。

松鼠蹬轮子

一个乡村正在过节，人们都聚集在地主家门口，摩肩接踵，好不热闹！原来大家都在看一只轮子上的松鼠，它站在轮子上，四肢快速地闪动，大大的蓬松的尾巴在身后翘立着。桦树上的小鸟对这样的场景也感到十分惊奇，它对松鼠说："老伙计，你在干吗呢？""啊，朋友，你不知道我在身份尊贵的老爷府上当差呢，你看我顾不上喝水顾不上吃饭，连喘气都快没时间了。"松鼠一边说一边蹬转着轮子。小鸟说："啊，我总算明白了，你这样在原地一直奔跑是为了什么。"

世上总是不缺少这样的人，他们成天手忙脚乱、毛毛躁躁，好像是在办事，一刻不闲，可实际上却没有一点儿用处，就像这只松鼠原地蹬轮子一样。

两只小老鼠

一艘船上有两只老鼠相遇了，其中一只慌张地对另一只说："妹子啊，你知道吗，我们大难临头了，船漏了。船舱里好多海水都灌进来了，差一点淹没了我，你看我爪子上沾了多少水啊，我们的船长醉成了一摊烂泥，其他水手也是事不关己，总而言之，船上已经大乱了，刚才我还听见船客们正在呼救，说我们的船就要沉没了。可是我刚才告诉其他老鼠，它们都不相信我，好像我在愚弄大家一样，你若是不信任我，看一眼底舱就会明白，这艘船坚持不了一个钟头了，妹子啊，我们不能和它们一起等死啊，我们要赶快逃离这艘船。也许我们可以游回到陆地呢!”这两只多疑的老鼠说罢就跳进了大海里，一个翻涌的波浪就把他们吞没了，而船则安全到达了岸边。

有人一定要问这到底是怎么回事儿？船到底漏了吗？水手和船长到底是怎么回事？船漏了，但是漏水范围特别小，早都排光了，因为我们船长和水手都是具有经验的老手。至于其他的说法，都是小老鼠的猜测和假想罢了。

狐狸的尾巴

冬天的凌晨，天气格外的寒冷，一只狐狸在冰窟窿边喝完水准备返回。可是它刚一转身就发现自己的尾巴尖被冰冻住了，这可怎么办呀，附近就是村庄，要是不赶快离开等到天亮可就糟糕了，幸运的是尾巴刚刚冻住，狐狸只要奋力向前一跳，就可以将尾巴抽出来，不过掉几十根绒毛罢了。可是狐狸舍不得自己金光闪闪的蓬松尾巴，它侥幸地想：“这会儿人们睡得正香甜，不一定会在太阳出来前醒来，而太阳出来就可以融化冰面，它就可以轻松地抽出尾巴。”它等啊等，可是冰面却越冻越坚硬，眼看着东边的天色已经大亮，村子里已经冒出了炊烟，马上人们就会发现它了。狐狸着急坏了，它想抽出尾巴尽快脱身，可是尾巴在冰里纹丝不动。恰好一只狼从旁边经过，狐狸赶快呼救道：“狼兄弟，狼亲戚，狼爸爸，请赶快来救救我！否则我就要被猎人扒皮了。”狼停住脚步，帮狐狸脱离了困境，狼的办法十分简便：一口咬断了狐狸的尾巴。没尾巴的狐狸开心地回到家，它万分庆幸自己没有被猎人捉走。

这则寓言的含义一目了然：假如狐狸当初大方地舍弃几缕绒毛，那么它将会保留整条尾巴。

绵羊稽查队

绵羊常年受到狼群的侵扰导致快灭族了，动物政府只好出台政策保护绵羊，几经商议，它们成立了保护绵羊稽查队，可是很多督察官都是由狼担任的。当然并不是所有的狼都是坏蛋，其中也不乏品行端正的。有的狼在四周徘徊，倒是也没有侵扰羊群——它们早就吃饱了，能当上督察官的狼怎么会连自己的肚子都喂不饱呢？保护羊群是首要任务，可是这样一直谴责狼群也不是长久之计，于是稽查队在深密的树林里开了一个会议，几经商讨表决，它们最终颁布了一条法令：如果一旦发现了羊群受到狼的侵扰，不管这只狼出于什么目的，是何种身份，每只羊都有权利逮捕它，随后立即送到最近的森林，交由法官处理。

这真是一条完美的法令，实在找不到任何弊端，可是据我观察至今，虽说狼的行为收敛了不少，可是最终被拖进森林的都是绵羊，它们根本来不及申诉控辩有理没理。

看门狗

有个家底殷实丰厚的农民，他十分擅长精打细算，竟然雇用了一条狗，为他烤面包、浇菜园和看家护院。读者看到这里一定会说奇思妙想，简直是胡闹！狗除了会看门，哪会烤面包和浇菜园啊！亲爱的读者，暂且不论狗会不会做这些事情，关键在于这条狗全部答应了农民的要求，农民开心地和它敲定了三份工资。看家狗得到了钱开心极了，它才不管其他的呢。正巧农民今天外出赶集，等他逛够了，玩够了，回来了，进门一看，他才知道事情糟糕透了，面包没有烤，菜园没有浇，家里还遭了贼，整个家当都被偷了……主人气坏了，大声训斥看门狗，可是狗给出的解释倒也合情合理：浇灌菜园顾不得烤面包，巡查院子需要到处跑，这样就来不及浇灌菜园，可是烤面包之前又要做好多准备工作，所以顾不上抓小偷。

摘栗子

“谢尼亚，趁着今天不用上学，我们去果园里摘栗子吃吧！”

“我看还是算了吧。费佳，想吃到栗子可是很艰难的，栗子树虽然不远，可是长得太高了，我们俩都爬不上去呀，够不到怎么吃呀！”

“哎呀，我的伙伴啊，你真是笨死了，这事需要动脑筋想办法，你到时候就知道怎么做了。只要你在下面把我托到靠下的树枝上，上了树就好说了，咱们可以美美地大吃一顿。”

谢尼亚帮助朋友很卖力，他站在树下，累得气喘吁吁，好不容易把费佳托到了树上，费佳站在树上，像一只进了美食库的仓鼠，树上的栗子颗颗饱满，吃起来香甜极了，可是栗子到手，应该让帮助自己的伙伴也享享口福啊，谁知谢尼亚一点儿光都没有沾到，费佳在树上吃得直打嗝，他却可怜巴巴地站在树下直舔嘴，留给他的只是满地的栗子壳。

很多人都像费佳一样自私，他们靠着朋友上位，可是等他们飞黄腾达后，朋友却连一点儿好处都得不到。

匪徒打劫

傍晚，一个匪徒躲在道路旁边的灌木丛中，他紧紧盯着前方的道路，就像一只伺机捕食的饿熊，忽然他发现一辆装满了货物的大车朝他驶来，他摩拳擦掌激动地想："这一定是赶集的货车，车上一定装满了丝绸、布料、呢绒，今天总算没有白跑一趟，栽在我手里算你倒霉了！"

顷刻之间，匪徒抡起木棒冲到了货车前大吼道："站住，快把你的货物通通交出来。"谁知被他打劫的人是一个年轻的壮汉，他显然不会轻易地认输，抄起身边的短棍向着匪徒冲去，殊死保卫车上的货物。歹徒迫不得已只得和车夫进行决斗，这可真是一场恶战啊，匪徒到底还是更加凶悍些，尽管他的牙齿被打掉了，胳膊被打折了，眼睛被打瞎了一只。他迫不及待地奔向货车，想看看自己最终得到了什么，可是他遗憾地发现，车上装的全是屎尿粪便……

人们往往沦落为凶恶的罪犯只为了一些虚幻的东西，可悲啊！

目中无人的狮子

为了能在最近的树洞里安家落户，老鼠恭敬地向狮子请求道："狮子大王啊，在森林里你是威武和辉煌的象征，论力量，您是无与伦比的巨星，一声吼叫，就能吓得百兽仓皇奔逃。可是说到将来，世事无常，别看我身材矮小，没准也有能帮到您的一天呢！"

狮子听了之后严厉地说道：“你这样渺小，还妄想有一天能帮到我，简直是痴人说梦，就凭你刚刚在这里的一番胡言乱语，我就可以让你死无葬身之地！”

可怜的小老鼠吓得急忙逃走，然而不久之后，狮子就为它的狂妄付出了代价：一天它外出寻找食物，可是不幸落入了猎人的圈套，它被绳子紧紧地束缚，空有一身力气也白费，无论是吼叫还是呻吟都是白费力气，猎人把它锁在笼子里，送往外地供人观赏。

狮子想起当初小老鼠的一番话，后悔极了，如果当初答应小老鼠的请求多好，这绳子最怕老鼠的牙齿了。狮子终于明白了，毁掉它的不是猎人，而是它的目中无人。

民间早有俗话说：“千万不要往井里吐痰，因为你也有喝这井水的一天。”

赞扬

“哦！迷人的公鸡先生，您的嗓音实在是太嘹亮动听了！”

“啊！亲爱的杜鹃小姐，您的歌声也是优美动听，绕梁三日不绝于耳，像您这样的歌手，整个森林也找不到第二个。”

“雄鸡先生啊，您不知道，您的叫声我真是百听不厌。”

“啊，美女，我用上帝的名义起誓，一天听不到您的歌声我就会茶不思饭不想，真希望您能赶快创作出新的歌曲，您唱歌字正腔圆，音色美，音调高，虽然身材娇小，却能唱出比夜莺还动人的小调。”

“谢谢您的夸奖啊，伙伴，说句真心话，我觉得您的叫声就像极乐鸟，我有千万个理由证明这种论断，绝对不是在欺骗您。”

一只麻雀恰好路过这里，它实在听不下去这两只鸟的对话：“朋友，你们这样互相吹捧不觉得口干舌燥吗？就算你们再吹捧对方，也改变不了你们本身糟糕的嗓音。”

杜鹃为什么那样肆无忌惮地赞颂公鸡？因为公鸡也在赞扬它。

天堂

古代有一个大官咽气后来到了地狱，首先他要拜见的是冥王，审判立刻开始了。

“你生前是干什么的？住在哪里？”

“我生前是省长，出生地在波斯。因为在任时身体虚弱，很少真正地参与政事，事情不管大小，全部交给我的秘书处理。”

“那你平时都做些什么？”

“吃饭喝水睡觉罢了，不管秘书呈给我什么文件，我只管签字就行了。”

“快把他送到天堂里去。”冥王判决道。

当差的衙役顾不得礼节吃惊地叫道：“为什么送他去天堂？凭什么啊？”

冥王说：“老弟啊，你不懂，难道你看不出来，这个人是个白痴吗？他身居要职，可是若是他参与了政事，那么饿死的百姓一定会数不胜数，那里的眼泪会像雨水一样倾泻。正因为他的不作为，才有幸升到天堂。”

怕丢脸的赌徒

有一回我到了一个热闹的小酒馆，那地方有一群人围着一大张桌子赌钱。

赌徒中有一个高个子青年最引人注目，他一看就是一个家境富裕不学无术的纨绔子弟，他出牌下注极其大胆，不一会就输成了穷光蛋。可是他不愿意离开赌桌，还想着把输掉的钱都赢回来呢！他对天发誓，可是依然没有人愿意把钱借给他，这个家伙被激怒了，脱下了衣服作为赌注。一个小时过去了，他身上光秃秃的，像一根木桩子。这时候有人给他传话道："你父亲快不行了，临死前要见你一面，让你请求宽恕听听遗嘱，你赶快回家吧！"

谁知这个赌徒怒气冲冲地回答道："扑克牌要了我的命，你告诉他，最好还是他来酒馆见我吧，他来这里一点儿都不费事，而我没有帽子，没有袜子，没有衣服，走在街上实在太丢脸了。"

轮回

昨天我看见一个朋友坐在马车上，要知道他曾经可是十分贫穷的，我感到万分惊讶，便问道："你怎么变得这么富有啊？"他好不隐瞒，如实回答道："我是靠赌牌赢来了这些家产，我认为赌博是这个世上最高超的技术。"

今天我又碰见了他，他正徒步走在街上，我问道：“你是不是输光了所有的钱?”

谁知他像一个哲学家一样深沉地回答道：“你知道，世事总是像车轮一样轮回。”

老爷买鸟

有个老爷喜欢听音乐，有一天他无意中在树林里听到了夜莺的啼叫，心痒痒的，他想在笼子里养一只这样的鸟。怀揣着这样的想法，这个老爷走进了花鸟市场，虽然他的钱包是鼓鼓的，可是脑袋里却是空空的，他看见了孔雀也看见了夜莺。他指着孔雀对卖鸟的人说：“这只鸟儿外表出众，想必歌声也十分动听吧！请问这只鸟多少钱啊?”

商人听了诚恳地回答道：“老爷，你若是想要一只歌声动听的鸟，那么别买孔雀买夜莺吧。”

他的话令老爷吃惊，他觉得商人在欺骗他，因为他觉得夜莺的样子不好看，而且羽毛稀少，一看就不会成为好歌手。于是他不听商人的劝告，坚决地买了孔雀。他急急忙忙回到家，迫不及待地想听听孔雀的声音，他找来一个大鸟笼安置好了孔雀，谁知孔雀只会像小猫一样叫，一连叫了几十声也算是对主人的报答吧。

像这位老爷一样，凭借羽毛判定歌声实属荒唐。我们也经常带着偏见评论别人，什么衣衫不整，发型不新，手上没有昂贵的装饰品，口袋里没有钱，我们就说这样的人很笨。

狮子和猎人

猎人在树林里布置好了天罗地网，准备将狮子一举擒获，但是由于一时疏忽，他反而落在了狮子手中。“你这个该死的，可恶的家伙。”愤怒的狮子张开血盆大口朝人恶狠狠地说道，“你们认为自诩为万物之灵，你们蔑视世间的万物，连狮子都看不起，这下我倒要看看，你们人类有什么能耐和智慧？既然你是如此高傲，那么你可有本领逃出我的利爪?”

猎人不屑地对狮子说：“我们胜过世间万物的方法不是凭借力气，而是依靠我们的智慧。不是我夸口，有些障碍我可以轻松越过，而你即使威猛，却赢不了我。”

“你一定是在吹牛，这样的话我是不会信的。”

“不是我吹牛，我能用事实证明，如果我在说谎，到时候你再吃掉我也来得及。你看：那些树木之间有我挂好的网，咱们俩可以比试一下，看看谁能顺利通过，如果你同意的话，那么我先爬，等我爬一半的时候你可以从后面追上我，如果你跑到一半就追到我，那么就算你赢，你看网绳不是石头墙，一阵小风就能让它们晃动，但是你仅凭着满身的蛮力，是很难超过我的。”

狮子鄙夷地说道：“你先走吧，转瞬之间我就可以捉到你。”它的语气里透露着势在必得的决心。

猎人不再废话，他趴在地上，噌噌噌从网下钻过，随后做好了擒拿狮子的准备。狮子开始追赶猎人，虽然速度飞快，可是它并没有学过钻网的秘诀，没多久就一头栽进了绳网中，再也挣脱不掉了。

故事的结局不言而喻，故事结束了，机智的思维战胜了有勇无谋，不幸的狮子死在了它的高傲之下。

盛宴

这是一个不太平的年代，灾荒频发，动物王国也是一片惨淡的景象。狮子大王想举办一场宴会，以此慰劳、安抚它的臣民。

信使飞毛腿得到大王的指令后，四处邀请宾客。依照大王的旨意，“大大小小的宾客一个都不能落下”！狮子大王这样诚挚的邀请，飞禽走兽怎能拒绝？能在这样忍饥挨饿的饥荒年代里，美美地饱餐一顿，是件多么幸福的事啊！

全国各地的走兽，像潮水般地朝狮子大王涌来。当旱獭、狐狸和田鼠慢吞吞地赶到时，宾客们都已经入座，宴会已经开始一个小时了。它们为什么会迟到呢？多疑的狐狸总是操心太多事，再加上贪嘴，路上耽误了不少时间；倒霉的田鼠因为不熟悉去皇宫的路，迷路吃了不少苦头；臭美的旱獭在出门前梳洗打扮浪费了太多时间，所以它们都没有座位了，可谁也不想空着肚子回家，白白错过这场盛宴。眼尖的狐狸看见狮子大王身旁有一个座位，想凑合着三个人挤在一起坐。

就在它们准备朝那个座位飞奔过去的时候，豹子先生开口了：“朋友们，前排的座位虽然宽敞，可不是为你们而设，那属于身份高贵的大型野兽。大象马上就要到了，你们都会被它赶走，没准一不小心还会被踩成肉酱。如果你们不想饿着肚子回家，那么就乖乖站在门口吧！我想，上帝会保佑你们，让你们吃饱的！谁若是不服气，不愿意站着吃饭，那就应该待在家里！”